DONALD SMITH is a renowned the Scottish Storytelling Centr and theatre producer. He was also a founding Director of the National Theatre of Scotland, for which he campaigned over a decade. Born in Glasgow of Irish parentage, Donald Smith was brought up in Scotland, immersed in its artistic and cultural life. Smith's non-fiction includes *Storytelling Scotland: A Nation in Narrative*, *God, the Poet and the Devil: Robert Burns and Religion* and *Arthur's Seat: Journeys and Evocations*, co-authored with Stuart McHardy. His *Freedom and Faith* provides an insightful long-term perspective on the ongoing Independence debate, while *Pilgrim Guide to Scotland* recovers the nation's sacred geography. Donald Smith is currently Director of Tracs (Traditional Arts and Culture Scotland), based at the Storytelling Centre.

SAUT AN BLUID

A Scots Saga

DONALD SMITH

Luath Press Limited

EDINBURGH

www.luath.co.uk

First published 2022

ISBN: 978-1-80425-034-1

The publisher acknowledges receipt of the Scottish Government's Scots
Language Publication Grant towards this publication.

Scottish Government
Riaghaltas na h-Alba
gov.scot

MIX
Paper from
responsible sources
FSC® C022174

Printed and bound by Clays Ltd., Bungay

Typeset in 10.5 point Sabon by Lapiz

For Bill Finlay
Owersetter, Playwricht, Frien

Acknowledgements

I OWE THANKS to the translators – Hermann Palsson, Paul Edwards and Magnus Magnusson – who during my student days were making Scotland a centre of modern saga studies. Later, storytellers including Lawrence Tulloch and Tom Muir brought this world to vivid contemporary life. Thanks also to Rognavaldur Gudmundsson who invited me to Reykholt in West Iceland, where I was able to visit the remains of Snorri Sturluson's fatal hot bath. Snorri remains the defining source of all re-tellings, of which this is the first in Scots, and unashamedly like his originals for adults. Snorri may also have had a hand in *Orkneyinga Saga* which is in the front rank of Icelandic and Scottish literature.

AFORE

WINTER GRIPPIT LAUN. Haurd grun. Fell cauld.

Haar an mirk leich oot o the Firth. Thae bellie creip ontae the wersh shore, dousin lichts, lappin roun oor stane waas.

Ah shiver neist the aumers, an bliss the lowe o ma caunle. This strang caistle gairds frae hairm o aa kins. Guid fortun brocht me here tae clerk fir Knicht Graham, John the Graham.

Sir John's bieldin noo frae the storms ower Scotland, the yins Tammas Rymour foretauld. Nae English Norman, the Graham, bobbin an scraipin tae Edward. Na, he kens weill Langshank's ettlin tae pit oor nation aneath his irn buit – brak oor spreit, an tak the laun's wealth intae his ain haun.

Syne Guid King Alexander deed, awa wis law an lee, yill an breid, wyne an wax, gamyn an glee. Oor gowd wis chyngit intae leid. The Queen's bellie wis tuim. Aye, and the Maid o Norrowa pynit and deed hersel afore she culd mak launfaa. Than the Gairdians o Scotland didna hae yin mind, an we waur cast oan Edward's devisins. Whit fules, Bailliol, Comyn and thir ilk – gleg tae faa doon an beg a bairnspley croun.

Sae, Ah bide neist the maister's fire, aye, an the glint o his reid wyne. An Ah mind oan things langsyne. Yester nicht Ah thocht tae see him thru the haar, lik a wraith-waulker. Skald the Ferryman wadin oot o the sea.

He culdna be mistuik, Skald, wi his hoarie heid an gammie leg. An nearhaun, yin side of his face agley, brunt, scourit, the ee lockit. An yin hauf finger missin midmaist oan the left. Whitna ordeal did Skaldie thole? Nae wurd gien, forbye his ain taill tellin.

Why noo? Oot o the mirk, mair nor hauf forgot, he maun be deid hissel. Eneuch tae grue yit sib tae ma seein. An he wis faither o ma scrievin, whan Ah wis wioot a faither tae masel. Till the Coort dwinit awa, and thir culd be nae mair scrievin, nae makars, nae bards, nae taill tellaris.

Sic the inklin. Skald wins oot o the shaddas lik an eerie mindin.

YIN

HOO DID MA bairntime at Pittenweem cam tae a feenish? Yin dey Ah wis joukin amang the boaties beachit oan the shore – nets an lines, creels an coggies. The neist dey Ah wis ahint an oar oan Skaldie's ferrie – a Fairin boat wi yin sheet o claith, an hissel by the tillie. Bairns' pley ower an dune wi.

Ma mither mendit nets an sails. Ah ne'er kenned ma faither, wha wis drounit at sea. Sae Ah wis telt bi ma Grannie. Leistweys, Ah jalouse auld Bridie wis ma Grannie. She bidit in a cave, the weem aneath the monks' fine ludgins. Thon wis a haly shrine fir pilgrims, an she tendit the fire an dwallit in a chaumer ayont. Aftimes, Skald bidit thir an aa.

Bridie wis skeelie at the luim. An she dippit caunles in bees-wax, an hawkit tokens tae the fowk Skald ferriet ower tae May Isle, wund an tide allowin. Forby, Bridie kent aboot hailsum herbs, salves an oiles, an she culd brewster ugsome potions fir wummans' ailments. Een the monks cam tae Bridie fir cures, an she wis aye in the Priorie kitchen nor the hostelrie oan the sly. Sae the brithers gied pilgrim bodies the nod – 'be siccar tae veesit Sanct Fillan's weem afore ye pit tae sea. Traivellers maun hae his blissin.' The fowk tuik haly comfort, an Grannie tuik thir coin.

It wis Bridie wha pit me up fir lairnin ma letters. 'Sic a mensefou bairn,' she seys tae Brither Cyril, gien him anither drap o cordial. Yit it wis doun tae Skaldie thit Ah fund masel in the scriptorium an oan thir novice bench. An thon's hoo Ah wis pit aiftertimes tae clerkin in the Coort, fir Ah wisna suitit tae the cloister.

Aathing is unwindin noo in ma heid, gin it wis spang mintit. Skaldie hirplin afore, and me dumfounert ahint.

'Cum ben, cum ben, Skald, an yi tae, laddie.'

Prior Tammas pyntit oot a bench agin the waa. He sat doun at the lang boord, pilit wi pairchment an buiks. Aside him twa monks prepairit thir quills tae scribe.

'Noo yi ken Ah'm here bi order o the Airchbshop tae pit aathing tae richts at Pittenweem an the May Isle.'

'Aye.' Skaldie didna hae ower muckle chat.

'An the Priorie Chronicles,' Tammas wavit an auld broun frecklit haun ower the boord, 'ur oot o sorts. Thae mak nae mense tae me onyroads.'

'Hoo kin Ah aid yi?'

'Weill, Skald, the brithers tell me yir o Norse bluid, and Vikings hae been in an oot o Pittenweem lik a swairm o hornets.'

'Nae me, yir reverence.'

'Ah ken, ah ken. Ah'm nae chidin. Naebodie kens the tide an watters lik yersel. Hoo wud the pilgrims win ower tae the May wioot yir service? Bit Ah'm speakin o former times in thae Chronicles. Ah'm telt yi hae monie taillis yersel fir the tellin.'

'Aiblins nae the priestlie ilk.'

'Thon's the nub o it, man. Ah'm nae aifter pious lore, nor taivern blethers bit unadornit truiths.'

Skaldie fixit his yin guid ee oan the Prior. 'Verra weill, Ah'll nae be blate gin yi steir a straucht course.'

'Mayhap a ship oan druiblie seas. Hoosoever, gang tae the stert o the haill maitter. Whit brocht the Viking kin intae these pairts, killin and waistin? Accordin tae the Chronicle, Haly Sanct Ethernan an aa the brithers oan the May wir murderit in cauld bluid.'

'Aye,' seys Skaldie, dichtin his steikit ee, 'richt eneuch. Yi maun hear tell o Harald Shaggie Heid.'

Tammas noddit tae the scribes and Skaldie set tae the taill.

HARALD SHAGGIE HEID

In thae deys, Kings waur twa tae a penny. Halfdan the Black rulit in Westfold o Norrowa an mony fowk gied him authoritie. An his bluid wis frae kings o Sweden and the Danes, an his wumman Ragnhild wis hie born.

Aince Halfdan wis gied a kennin, a dream aisling. An his heid sproutit lang locks o hair, hingin doun tae the grund. An the seers telt Halfdan his bairns wuld rule a michtie kingdom.

Hoobeit, Halfdan keipit Yule in the sooth, an thir wis a wanchauncie weird. Aa the viands an aa the yill dwinit awa afore thir een. A Finman wis accusit o the glamourie, bit Halfdan's son Harald lat the Finman jouk awa tae his ain kintra. Noo Halfdan heidit hame frae the feastin oan his sledge ower the loch. Bit the ice brak and he gaed doun tae a cauld daith. An Harald tuik the rule aifter his faither.

Noo the new mintit King wis fou o hissel an ettlin tae be michtie. 'Ah'll no kin kaim ma baird nor shear ma heid, gin Ah dinna haud aa Norrawa in ma ain hauns,' seys Harald. Sae they cryit him Shaggie Heid.

Fir the stert, Harald hairriet his neibors, pit doun thir men, an tuik thir beastis an wummen. Neist he gingit nor an east, grippin province aifter province, an a glut o Queens forbye. An at the hinnerend he launchit his ships sooth, raidin and laun-grabbin. A hantle of the wee kings and lordis thocht tae jyne thegither tae thwart Harald, bit thae didna traist yin the ither, sae Shaggie Heid reipit thir hairst.

Bi the hinnermaist Harald hid aa in his grip, and he seys tae the lairds an fairmers, 'Yi hae thrie weys tae chuse. Yin, sweir tae serve me as King. Twa, depairt frae Norrowa. Thrie, fecht an dee.'

Gin thae focht, Harald laid oan wioot mercie, hackin aff airms, legs and heids, yin aifter the ither. Than he goargit oan their launs and gear. Een the dysarts an bogs wir subject tae Shaggie Heid.

Sune mony fowk culdna abide Harald's rod, and thae pit tae sea fir the Faroes, Orkney, Shetland, Scotland, the Hebrides, Ireland, Man Isle an een Fraunce. Thon wis the stert o the faur reengin Viking, whiles at hame Harald croppit his shaggie heid and waxit michtie.

'Bit the furie o the northmen,' brak in Tammas, 'why the murderin bluidlust?'

'Forgie me, Pior, bit it wis thir belief.'

'Tae kill?'

'Tae fecht and win. Killin wis bluid offerin tae the auld gods.'

'Thor, Odin, Freya?'

'Aye, Faither, yi ken mair nor yi let oan. Bit mind the Haly Christian Charles, Emperor o Rome, guttit the temples o the northmen an killit wioot mercie. Wis thon nae his releegion?'

'Charlemagne hid a misision tae convert the pagan tribes.'

'Bluid fir bluid wis the Viking wey.'

'Yit the norlauns are Christian noo.'

'Wioot dout we hae priestis and bishops. Bit its nae tae aabodie's likin.'

'Weill, Skald, yin wey nor tither, yi hae gied a guid tiller tae the Chronicle. Ah'll be obleegit gin yi micht return whan the wund hauds yi beachit.' A wee laithern bag slippit ower the boord. 'Aye, an bring the laddie fir he his a gleg lug oan his heid.'

The pooch wis buriet atween Skald's selkie skin jaickit an the woollen sark aneath. His legs an fit waur cled wi coohide.

We waur oot an awa doun the brae.

Bit the dey was noo owercaist, an Skald wis ill pleasit nae tae be pittin oot his beluvit Fairin, whilk he cryit Gannet. He wis mair taen up wi hir nor ony ither bodie.

'Awa oot wi yi, taerag, an tak the signs.'

Ah still kin mind the signs. He tentit tae gie me the ruidiments o sailin – wund, tide an sternlicht – an Ah wisna blate tae lairn. Thir waur nine signs.

CAULM SEA smuith lik gless
SOUGH SEA wee ripples, nae waves
SWAW SEA sma swell wi wee crests
BROUSTIE SEA muckle swell wi waves risin
GROUSTIE SEA waves brakin white
JABBLIE SEA waves chasin yin anither
GOUSTIE SEA strang wunds an muckle waves
ROILIE SEA waves pilin tane oan tither
WUDDIE SEA bilin waves an furie o faem

The ainlie wey tae tak the signs richt wis gingin tae the foreshore at yonner end, whaur the brithers ur biggin thir waa tae bield the beachit boaties. Gin, seys Skaldie, the waves are sae hie agin the waa, and he shaws the tap o his gammie leg, than thir's five men hie waves oan the crossin, an ten men hie at the May. Aye, an gin yi luik tae the faur horizin an its wabblie, yi ken its a muckle swall ootbye an its na sauf tae sail.

Onieroads, Ah brocht ma signs intae Skald's bothy bi the strand. 'Goustie, an wi saft grey clood massin oan the firth.'

'Nae ferryin the dey. The pilgrims maun content theirsels wi Bridie's shrine. Nane the waur fir hersel mind.'

'Hoo dae yi ken aboot the Vikings?'

'Ah hae Viking bluid, laddie.'

'Bit yi ken aathing aboot thae sea wulfs.'

He luikit ower, gin he hadna seen me afore.

'Ah'm suithfast Viking. Ah hae thir taillis, nae a wheen o blethers aboot Christian Kings an goad botherin haly brithers.'

'Gie me the suithfast taillis, Skaldie. Ah'm hungert.'

'Weill, did yi hear tell o Ragnar Hairie Breiks?'

'Na.'

An, as wis his wont, Skald begoud tae spak in his ain mainner, savourin ilka wurd fir whit it micht yield.

RAGNAR HAIRIE BREIKS

Ragnar Hairie Breiks. Thon wis the richt kin o Norsman, suithfast tae his deein braith. Ragnar cam oot o Danemerk an raidit the Southron Isles, Ireland an Fraunce. Bit he biggit a haa in Orkney fir aise o paissage in aa the airts. Forbye, thir wis nae law in Orkney and the maist strang rulit the roust. Ilka winter Ragnar bidit hame an ilka simmer he gingit Viking.

Bit aifter a hantle o saisons, Ragnar loast patience wi dwallin in Orkney. 'We're lang eneuch bidin oan oor airses,' seys he. 'Time an mair nor time tae sail wi a michty hostin o ships an tak England fir oor ain.'

An ships cam frae faur an near tae join Ragnar's voyagin, and he sailit intae Thamesmooth, an fecht wi the Saxons, an crossit ower tae Dublin, whaur thir wis mair bootie fir the taikin.

Noo Ragnar wis mindit tae turn king in England, big anither haa, an craw frae the tap o his ain midden. Aiblins he culd rest aisie an tax the hairst. Bit the Vikings waur nae ettlin tae coorie doun wi Ragnar and sup parritch.

'Mair nor eneuch fairmers in this warld,' seys yin, Thord the Niftie, 'an mair nor eneuch kings grippie fir tribute. Ah'll hae nae croun abune me, bit a gowd ring roun ma ain airm. Ah hae nae wyfe, bit Ah'll tak wummen as it plaises masel. Ah'd raither ging tae Odin sword in haun, nor scraip oan his yett lik an aul dune sorner. Ah jalouse, Ragnar yi hae dwinit awa frae yir ain smeddum.'

Ragnar loast the heid, an he struik oot at Thord wi his aix and loppit aff the haill airm. An Thord luiks doun at his airm oan the grund. 'Aye, Ragnar,' seys he, 'yi gie guid blaws bit nae at the tapmaist o yir virr.' An he keelit ower an deed.

Whan wurd o Thord's daith gaed roun, Ragnar culdna haud his airmy thegither, sae he tuik his ain hird o men an gingit norrads whaur he biggit anither haa. Bit his ain sons depairtit tae Viking in Spain an Italie. The litter tuik aifter the auld boar in spreit, and forbye thir wis nae mair plunder tae be raxit frae the sea in England.

Ragnar wis failin, bit he culdna abide the ootcom, sae he gaes intae Northumberland, an wis warstit bi the King's gaird. An thae tuik the auld fechter tae Jorvik, and thae strippit him tae the sark, an tore his hairie leggins intae shreds. Neist he wis thrawed intae a pit o writhin snakes, and whan the serpents wadna bite Ragnar's teuch hide, the tormentors goadit the snakes wi poles, and sune thae grippit Ragnar's nakit flesh wi thir fangs. Bit Ragnar raisit up his daith sang.

> Hew, Sword, Hew.
> Furie Eagle, She-Wulf windit,
> Langships tae Scotland's lochs.
> Nae fecht Ah refusit,
> Fell gnawin o serpents.
> Odin Ah hairken
> Cryin fir yill in Valhalla;

Skraik of Valkyries
Steirin Vikings hame.
Daith his nae dreid,
Vengaunce ma heirschip.
Noo Daith layis the feast,
Lyfe's dune lauchin,
Sae Ah'll dee lauchin.

An whan thae draiggit Ragnar oot o the oit, his corp wis gross, reikin putrid wi venom. Lauchin he deed. Nae Viking e'er goat aheid o Ragnar Hairie Breiks.

Dinna lippen tae the Prior's Chronicles, laddie. Suithfast taillis cam oot of the mooth an bide in the lug. Noo awa hame tae yir supper.

'Dinna fret, Ah'm awa.'

Forbye, thon wis ma sleikit sel. Ah gingit hame tae sup, bit sune Ah wis heidit back tae the shore. Whan Skaldie chasit his laddies hame, he wis ettlin tae tak yill. An we lairnit tae scurrie alang tae the taivern, an creip unner the benches whaur we micht lippen tae taillis he wuldna tell pilgrim fowk, the Prior, nor bairns ben the bothie.

'Gie us a taill, Skald,' yin wud stert.

'Aye, man, it's a filthie dey ootbye. We hae neid o lauchin.'

'Awa an hoo yir heids.' Skaldie didna deign tae luik ower. 'Ma joug's tuim.'

'Gie the man a quart o yill, wull yi no!'

'Aye, unsteik his ticht-lippit wee gob.'

'Whit's yir taill the nicht,' wheedlit Wullie, 'mak it a stoater wull yi no?'

An aabodie thocht the same wey, een the laddies unner the benches. Bit Skaldie wud ging his ain gait, yi maun be sure.

LOKI AN THE WAAS O ASGAIRTH

Ah telt yi afore aboot Loki.

'Aye Loki, gie us a taill aboot thon bad wee bastart.'

Loki wis a dab haun at thwartin the giants, whae waur ettlin tae bring doun Asgairth, hame o the Viking goads, an foment fechts atween thir twa faimlies, the Aesir and the Vanir.

Noo, in yin tuilzie the Vanir dingit doun the waas o Asgairth, leavin a heap o stanes. An naebodie wis fir pittin in the wark tae bigg them back hie.

Ain time, Heimdall, keiper o the yett, wis watchin wi his muckle horn at the tap end of the Rainbow brig, whan he spies this muckle bodie cam ridin ower the watergaw tae Asgairth.

'Ah hae a plan fir the goads,' seys the big mannie.

'Weill, tell it tae me,' seys Heimdall.

'Na, it's ainly fir the goads and thir wummen tae hairken.'

Sae he gings oan intae the haa, and brags he kin bigg back the waas snug agin onie Giants leevin.

'Hoo lang biggin?' speirs Odin.

'Yin year an anither hauf.'

'An yir pey?'

'Freya tae be ma bride,' seys the bruiser wioot a glim o shame.

Aa hell brak oot, wi yellin an cursin. Fir, yi maun ken, Freya wis bonniest o aa the goads.

'Nae wey,' seys Odin wi a lourin broo.

'An Ah maun hae forbye the sun an the mune,' adds the big yin.

'Yir off yir heid,' snappit Odin, 'onie mair o this talk an Thor'll tak yir heid aff.'

The goads thocht Odin richt wittie, and brust oot lauchin.

'Whoa, whoa, haud oan,' seys Loki, wavin his hauns thru the din, lik a whirliegig, 'the big mannie his a pynt, an we maun gie his proposeetion sum thocht, gin we're tae hae oor waas biggit hie.'

Whit wis Loki schemin noo? Hoobeit, the giant, fir yi maun be sure he wi yin o thon kin, gingit oot, and the goads stertit jawin. An puir Freya grat gowden tears frae hir sunbricht een.

'Gin we gie the mannie sax month—'

'The waa cannae be biggit in sax months!'

'Richt, sae we forfeit naethin, an we hae the waa hauf-biggit. We canna lose.'

Thir wis mutterin an groanin, bit naebodie culd fin oniething tae sey straucht oot agin it. Sae the big man wis brocht back an gien sax month. 'Cannae be dune,' seys he, bit he wis fell randie fir Freya an wuld gie it a go.

'Nae helpers, mind,' seys Odin.

'Forbye ma horse Svaldifar.'

'Na,' stampit Odin, 'nae helpers!'

'Ach, gie him the stallion,' coaxit Loki, 'leist he turn us doun aathegither. Whitna differ oan yin horse?'

'Verra weill,' seys Odin, wearie o the haill ongaeins, an thae tuik aiths bi heiven an yird an hell. And thae gied the muckle mannie sauf paissage, fir he wis frichtit gin Thor micht win hame an staive in his ugsome heid.

Nae messin aboot, the giant goat stertit clearin thae heips o stane. Neist he hackit intae ribs o haurd rock, and heavit oot michtie boolders. An he happit them in a muckle net, an Svaldifar draiggit aathing tae the waa fir biggin. Naebodie culd credit hoo fast the waa wis risin.

Hack an Heave, Heave an Hack. Nicht an Dey. Snaw an Haill.

Thon giant mason neer flinchit. Winter turnit tae spring, an the ring o the waa wis amaist lockit.

Odin caad an assemblie o the goads tae tak coonsel. 'We hae tae jink oot o this treatie,' seys he, whiles puddles o gowden tears formit aneath Freya's feet. 'Sune we'll be wioot sun an mune, nae tae mention oor ain luvely wumman.'

'Hoo culd Ah ken?' croakit Loki lik a hoastin raven, fir Odin hid a ticht grip oan his thraipple. 'Youse yins aa gaed alang wi it.'

'Aye, bit wha gied him the horse?' speirit Odin, screwin tichter.

'Aye, aye,' claikit the haill clanjamfirie, 'it wis Loki deceivit the goads! Yince mair, Loki.'

'Aa richt!' skraiks Loki, 'gie me braith! Ah'll sort it oot.'

'He'll no kin win oot o this!' cryit Wullie, amaist pissin hissel we pleisur.

'Haud yir wheesht,' seys the ither fishers, 'an yir yill.'

'Ye'll no kin jalouse whit kythit neist,' tauntit Skaldie, an whan he luikit roun the taivern his scaddit mou neer brak intae a smirk. Bit he didna haud back.

The verra neist nicht, the giant bodie wis croonin ower his wark fir the waa wis near dune. Hi ticklit Svaldifar's neb whiles singin his wee tune whan a bonnie brood mare sprang oot o a thicket, an oh bit she wis a stoater. She prauncit an dauncit roun Svaldifar, whase nostrils flairit an bod rousit haurd. The mare nickerit an whinniet, an dashit awa. Wi yin michtie pou the stallion brak his tether an chairgit aifter the mare. An aifter Svaldifar rin the giant yellin an bawlin oot filthie cursins.

Nae mair wark wis dune thon dey. Nae stanes shiftit. Nor the neist. The big man brustit oot in a giant furie. The goads revokit thir pact an summonit Thor Haimmer.

'Yi leein bastarts!' cryit the giant, 'yi whuremungerin brothel o wimps! Yi Freya fuckers, yi Loki shitters—'

Thae wir the muckle mannie's last wurds fir Thor cam inbye roarin lik a bull wi a sair heid, an shatterit the giant's skull intae a hunner pieces wi yin straik o his haimmer. Harns an bane gaed fleein aaweys. An Freya grat fir joy at the vengin o hir honour.

Sae, friens, trickie devisins waur the soorce o thae ongaens, an trickerie the cure. A toast tae Loki! Ma joug's tuim!

Ah slippit awa afore oniebodie micht tak tent o me. Ither laddies rin hame, bit Ah wis up the brae tae Bridie's neuk. Ah kenned she wuld gie me a bannock an a tate o yill, an aifter a while Skaldie micht staigger up frae the taivern. Thir wis broth bubblin ower the hairth, an ither brews, whiles Bridie doverit. Ah happit masel bi the laigh chaulmer.

Sune Skald cam ben an heidit tae the inmaist weem. He wis chauntin sum auld glamourie. Ah culdna mak oot the mense, bit Bridie grippit his drift an shooit me awa. 'Hame wi yi, laddie. He'll nae wauken the nicht wi yill taen. Ne'er heed his haivers – time eneuch. Goad rest yi, an Mary the Mither an aa haly sanctis bliss yi the nicht.'

Bit Ah stuck ootbye lik a buckie tae rock, an mindit the maist o Skaldie's verse.

> Fir sic thingis gie thankis:
> A dey dune, a brand dousit,
> The sword pruvit, maid-troth testit,
> Crossin ower ice, yill bevvied.
> Hew wud in wund, sail caulm sea,
> Tell lassies taillis bi nicht,
> Ware o een unsteikit by licht.
> Speed frae the ship ploo,
> Bield frae a shield,
> Haurd edge oan a blade,
> Saft lips oan a lass. . .

'Wheesht, man, ye'll rouse the rooks.' Bit he wis gainin the meisur o it.

> Snappit bow, burnin log,
> Smirkin wulf, gruntin boar,
> Raucous crew, ruitless tree,
> Brakin wave, bilin pot,
> Fleein arraw, ebbin tide,
> Coilit aidder, freezin daurk,
> Bride bed blethers, unsheathit dirk,
> Witch weilcum, slave wut,
> Bear's gemme, bairn trap,

Seick caulf, slain corp,
Racin horse, hirplin leg,
Haulf-biggit hoose, wumman's –
Lassie's aith. . . nae wurd –
Nae traistin. . .

He wis mutterin, thru wi it, dippin intae sleep.
Ah wis rinnin hame nane the wiser, yit nane the waur.

TWA

DEY DAWNIT FAIR, bit the tide ebbit ower sune fir a morn crossin tae the May. Sae Brither Cyril wis sent doun tae Bridie's weem tae summon Skald. Ah wis expectin the caa an wis airlie roun an buskit. The creeshie brither bidit by Bridie's hairth gleg fir cordial an gossip.

'Whit a muckle jessie,' mutterit Skald gingin oot. He wisna weill pleasit tae be at the Prior's biddin. Fir masel, Ah wis gaggin tae hear mair o the Viking sagamen.

'Noo, Skald, we hae time in haun the dey. Hae yi thocht oan whit yi micht tell fir oor Chronicle in honour o Mither Kirk?'

'Aye, Faither Tammas, Ah hae thocht.'

'Weill?'

'Did yi ken it wis a wumman wha tuik the White Christ frae Scotland tae Iceland?'

'Haly Sanct Olaf brocht Christ tae Iceland.'

'He brocht kings tae Iceland, hissel foremaist. Bit, na, it wis afore Olaf grippit the laun. Aud Deip Mindit wis the wumman. Nae Viking wis she, bit a settler an merchant in hir ain richt.'

'We'd best be hearin aa aboot Aud Deip Mindit,' seys the Prior, keen tae lippen. The scribes tuik haud o thir quills.

'An mair, Faither, the bairns o Aud thrivit in Iceland, an hir kin voyagit tae Vinland an ithers tae Gruneland.'

'Whaur ur thae places, Skald?'

26

'Faur oot west, ayont Iceland.'

'Thir's naethin ootbye bit watter. Yi hae gien credit tae taivern taillis.'

'Na, yir mappa mundi's ower wee, Faither. Yi micht sail tae Gruneland an Vinland yirsel. Bit its fell cauld an haurd leevin thru lang winters. Yit thon's anither taill. Wull yi hairken tae Aud?'

'Aye, wi pleisur.'

AUD DEIP MINDIT

The taill sterts aince mair wi Harald Shaggie Heid, forbye he wis noo Harald Fair Heid, fir he cowpit his lang locks syne becomin hissel alane King o Norrowa. An yin o the suithfast Vikings wha sailit awa tae lowse frae Harald's rod wis Ketil Flat Neb an his sons.

Twa o the lads gingit tae Iceland, faur oot west, fir thae likit weill tae ferm an fish an track the whales. Bit nae Ketil. 'Ahm nae ettlin tae meisur ma auld age in a fishin camp,' he grumblit, 'Ah'll awa tae Scotland.'

Sae Ketil Flat Neb sailit fir the Hebrides, an tuik Islay, Colonsay, Tiree an monie ither isles intae his ain haun. An the auld rover wis richt contentit wi his roust thir amaing the ither Viking heidmen.

An Ketil's dochter Aud wis mairriet oan Olaf the White, King o Dublin, wha wis the maist michtie Viking in Ireland. A brood o bairns wis sirit oan Aud, an whan Ketil deed snug in his ain haa, his graunbairn Thorstein Reid Baird cam tae Scotland ettlin tae mak his ain wey in the warld.

Bit Thorstein wisna content tae rest wi thae inner isles lik his graunfaither, Ketil. Na he treatit wi Sigurd, the michtie Jarl o Orkney, an thegither thae stertit fechtin wi the Picts o Alba, an laungrabbin in Caithness, Southerlaun, Ross an Moray.

Noo yi maun ken, afore Thorstein tuik a gip oan the norlauns, Olaf the White hid voyagit back tae Norrowa tae mak his peace wi Harald an claim his ain inheritaunce in Morelaun. Bit Aud wuldna ging wi hir man, fir she faivourit the spreit o hir faither, Ketil. Sae she gaitherit gear an sailit tae Scotland an bidit in Bute whaur Ketil wis buriet.

The taill turnis aince mair tae Caithness. Thorstein an Sigurd waur winnin thir fecht wi the Picts, bit thon fowk wir cunnin an thae kythit oot o the moss an ambushit the Vikings wi arraws dippit in venom. Sae Thorstein wis sair wundit, swallit gross, an deed in agonie.

Noo sum sey, amangst the Scots, Thorstein wis killt fir brakin a pact wi the Pictish Jarl. Bit ithers sey Jarl Sigurd hissel devisit the killin fir he thocht Thorstein ower michtie. Ah dinna ken the richt o it, yit nae dout the man wis deid.

An Aud Deip Mindit, hoobeit she wis faur gane in years, cam tae Caithness an taks Thorstein's bairnis unner hir ain wing. Whit culd a wumman dae wi faes on ilka haun? Merk weill, Faither, whit wey the taill windis.

The feck o Thorstein's fowk cryit a bluid feud, an wergild oan accoont o Thorstein's daith. The hird cryit tae fecht, bit whit aboot the bairnis?

'Na', seys Aud, an yi maun noo cry the wumman Deip Mindit, 'Whit leevin kin we win frae bluid feudin? Whit hope fir aiftertimes? We maun ging tae Iceland an bide aside ma brithers.'

'We maun bigg a draigon prood ship o war!' acclaimit Thorstein's men.

'Na,' reponit Aud, 'ging intae the forest oan the sly, an bigg a knorr, braid in the beam, tae tak oor pelf an gear tae Iceland, whaur we kin win anither lyfe frae fishin an fermin.'

Sae Aud wis foremaist amang wummen, voyagin bi hir ain richt, takin aa hir guids in quest o peace, nae raidin an fechtin.

Skaldie pausit gin he wis saivourin the odours frae a cauldron oan the swey. An rich eneuch Faither Tammas wis beamin frae lug tae lug.

Aye, seys Skaldie, we arena dune wi Aud, bit the taillis bides whiles in Caithness. Ah thocht Skaldie's yin ee blinkit tae me. We maun jalouse Aud didna traist Sigurd, no wi Thorstein's bairnis onie roads. Aiblins she wis cannie forbye deip mindit.

Hoosoever, sune aifter Aud scailit tae Iceland, Sigurd stertit anither tuilzie wi the Pictish Jarl, Maelbrighte Buck Tuith. Sum sey Sigurd hid devisit Thorstein's daith, an noo ettlit tae pit Maelbrighte oot o the wey an aa.

The twa Jarls trystit tae mak peace wi nae mair nor fortie men oan baith sides. Bit Sigurd didna trust the Pict sae he tuik eichtie men, twa tae yin mount. Noo Maelbrighte sees fower legs aneath ilka bellie. 'Treacherie nae tryst,' he gruntit, 'yi maun aa tak twa men doun afore yi dee.'

Yit Sigurd hid the upper haun, an afore lang he wis ridin hame wi the bluidie heid o Maelbrighte cleikit tae his saiddle girths, fou o his ain conceit. Bit while he rade, thon muckle buck tuith scrartit his thigh. An afore Sigurd raxit tae his camp, the leg wis swallit. Bi nicht the venom wis rinnin thru his haill bodie an he deed rottin in agonie an staink.

Sae mayhap, Faither, Thorstein won his wergild aifter aathing. Tane did awa wi tither, an baith dreed the verra sam weird. Thae sey Sigurd wis pit oot tae sea, burnin in his ain ship wi aa the honour o a Jarl. Aiblins thon wis the ainlie salve fir the guff o him.

The taill turnis tae Aud aince mair. Yit this is drouthie dairg, Faither.

The Prior signit fir yill tae be brocht, an Skaldie tuik a sup nor twa frae a daintie wee goblet. Neist, wi a shairp beat o the haun he tuik up the taill, gin he micht be speidin the oarsmen.

Aud Deip Mindit voyagit tae Iceland wi a free-birthit crew an monie bondsmen forbye. Oan the wey, she wis receivit in Orkney, Shetland an the Faroes, an at ilka launfaa she mairriet yin o hir dochters tae the chief men. An in Iceland hir brither Bjorn gied Aud the tapmaist weilcum.

An aifter winter passit, Aud claimit laun bi Hvammsford in the dales atween twa rivers teemin wi saulmon. She lowsit hir bondsmen an gied them laun tae ferm. An she raisit a Cross oan the hill and chidit fowk tae be bapteezit Christian, nae bi force nor law, bit bi guid naitur an intent.

Sae Aud wanit, fell auld, an hir bairnis wir mairriet oan Iceland fowk an wir thrivin. Yit Olaf Feilan, hir graunbairn bi Thorstein Reid Baird, wisna wed. He wis a fine buirdly man, an Aud telt him he suld mairrie. He wis biddable tae his grannie an wooit Alfdi, an the mairrage wis held oan Aud's muckle ferm at Hvamm thon verra same saison.

Noo in thae deys, Aud rousit late frae hir bed, aft returnin afore gloamin fir she wis fell wearie. Yit she wis crabbit gin onybodie speirit aboot hir health. An she maks a graun feastin fir the mairrage, wi aa hir kin an friens gaitherit roun the boords. An oan the morn she sleipit lang.

Yit aifter Aud Deip Mindit wis aboot an gleg tae weilcum the haill clanjamfrie an bring them inbye tae sup oan hir plentie. An afore the assemblie she gied Hvammsford, hir ships an aa hir launward gear tae Olaf Feilan. An she retirit tae rest. Bit the neist morn Aud wis fund straucht upricht in hir bed, deid.

Sae the mairriage chyngit intae a fareweill forbye, yit baith in honour o Aud. An she wis buriet in hir muckle knorr, wi jewlis an ither pelf, an a cross cleikit tae hir breist.

The taill o Aud Deip Mindit is endit.

Skald dippit his heid, whiles poorin hissel anither wee beaker o yill.

'Ah'm dumfoonert bi yir taill, Skald,' seys the Prior, 'an frae this dey Aud wull hae hir richtfu place in the Chronicle o Pittenweem. No aa the Norse wir Vikings.'

Skald disdainit onie pooch o siller fir this service, an wioot mair claitter he hirplit oot wi me scraibblin ahint.

'Noo, we kin pit oot an breathe free oan a scourin, liftin sea.'

Eleiven pilgrims waur hingin oan tae cross the dey, amaist a fou boatie. Thae sat forrad oan baith sides wi the twa oars set back near tae Skald wha steirit the tillie. Frae the oar bench we laddies culd rax the sails fast gin Skaldie gied the wurd. The Ferrie, as fowk cried him, wis aye mutterin tae hissel, an ettlin tae mak us yins intae sailors o sum sort, aiblins Viking.

'Luik at thae fisher fowk hunkerin doun ahint thon waa, Ethernan's Waa nae less. Wuld yi credit an Abbot cairryin sic muckle stanes – giants mair lik. Aye hunkerin doun fir bield afore nippin roun intae the wund. Daft gawks. Kin thae no see the current's rinnin warst roun the waa. Steir awa, laddies, oot-bye, ootbye Ah'm tellin yi, an tak the open swall. Noo, gomer-ils, shak oot the claith an nab the nor'easter.

'See, tack east, nae straucht fir the May. Bit sooth. Steir bi the merks, gin thir's nae haar. Ee tae the Bass, and dinna lat thon sail lowse! Gie hir the beam, fou tae the wund, an the claith'll cairrie wioot threshin. Aye, aye, ship the oars – dae yi need yir airse redd an aa, filthie wee craiturs.

'Luik, she's ridin weill hersel. The wund's nae ower strang fir we're in the lee o Fife Ness. Nor, norrad, gowks.'

The sea wis groustie the mair we sailit ootbye, bit Skald's Fairin, his beluvit Gannet, rin ower the white taps. Hissel set-tlit tae the tiller weill content. The pilgrim bodies gawkit at the May oan thir left haun, an wunnerit whit wey thae waurna hei-din straucht tae the Isle. Abune oor heids cloods waur brakin in the wund an kythin a blue lift.

'Cannie, cannie, laddies. Ur yi richt? Grip the yairdairm. Noo! Cleik in the claith, mair, mair, dae yi nae feel hir comin – its the fou blaw roun the Ness. Haurd roun yersels! Jink doun yi haly idjeets. She's a skull splitter oan the swing.'

We kenned fine tae douk, an the haly bodies lairnit fast. Fir the yaird sweipit roun the haill wey. The Fairin heilit fir yin beat, lik a horse oan hir hinner legs. The proo raisit than plungit back intae the watter lik the Gannet she wis. An the beam o her wis noo tae baith shores o the firth, an she wis racin fir the May.

'Thir she flees, ma bonnie gannet.' Skaldie wis crawin wi sic delicht as we ne'er saw oan laun. Yit his yin ee wis neer restin, ryngin aheid tae fix oan the May merk – Pilgrim's Havn.

'Yi maun win tae the noust yin hour afore hie tide. Eneuch watter tae slip ower the reifs, bit nae ower hie fir beachin. The pilgrim loons hae twa an a hauf hoors, nae mair, fir thir haly ongaens. Tak in the claith an cleik. Pit oot the oars.' An Skald guidit Gannet intae the voe.

'Ah've seen waur, nae the warst onieroads,' he crackit tae the pilgrims. 'Leistweys yi didna hae tae pou an oar. Ah've seen times we culdna pit ashore oan the lee side. Na, yi maun ging roun the norside by Ketil's Neb wi a deil's blast o wund. Ilka haun tae the oars! Boak whaur yi sit! Aye Goad's keipin gaird ower yi the dey, and Skald the Ferrie aneath.'

The haly bodies crossit theirsels in relief. Sune Gannet wis nasin up the voe and beachit sauf an haill. The pilgrims clamberit ower the gunwales an stertit up fir Oor Leddie's Wal whilk stauns bi the short wey up tae the kirk an shrine. Bit Skaldie gied nae heed, settlin intae a wee bothie oan the beach an lichtin a fire tae warm hissel.

Ah hid a bag frae ma mither wi bannocks an croudie, whiles Skald poued oot a skin o yill frae ablow his belt. The ither laddie driftit awa tae hunt fir puffins cooriet in thir wee burrows, whiles we huddlit doun aroun the lowe.

'Skald?'

'Aye, laddie.'

'Kin Ah speir aboot whit yi telt Faither Tammas?'

He howkit up a gob o sloch an shot it intae the fire wi his tung. 'Whit?'

'Odin, Thor an Freya. Waur thae Vikings an aa?'

'Goads.'

'Bit Bridie telt me we hae ainlie yin Goad.'

'Vikings hae a wheen o goads.'

'Whit wey?'

'Nae the brithers' wey, laddie. Thae goads arena in the scripturs, bit in the mooth an lug. Its anither kennin aa thegither.'

'Tell me, Skaldie. Ah'm wantin tae ken.'

'Fair eneuch, bit dinna clype tae Bridie.'

'Ah wuldna!'

'Weill. In the taillis thir's nae Gairden o Eden, nae Adam nor Eve, jist the bluidie snake.'

Ah crossit masel and he wis lauchin. 'Dinna fret, bairn, thir's taillis in hell!' He wis richt wuttie the dey. 'Na, dinna tak oan, yi hae the makin o a scriever, gin yir gleg eneuch tae lairn.'

Skald pokit at the burnin wud. 'Aye, Ah'll gie yi the stert o it, an nae hing back.'

THE STERT O AATHING

Aince thir wis nae yird, nae sea, nae lift. Ainlie a muckle yawin pit, Ginungagap. Ablow tae the sooth wis the laun o fire, an tae the nor the laun o ice.

Yit deip doun in thon pit wis the Wal o Lyfe an aa the rivers waur soorcit frae the wal. Bit aftimes thae rivers chyngit intae ice, an the ice pilit hie, an thon mount o ice birthit Ymir, faither o the giants. An boolders o ice brak aff an chyngit intae the frost giants we ken the dey.

'Lik Finn McCoull?'

'Aye, him an McGog an aa thir ilk.'

Noo alang wi Ymir wis birthit a muckle coo, wha wis namit Auduma. An she wis saft an fleshie an flowin wi milk. An Ymir soukit hir teats an wis nourishit, an Auduma lickit the ice wi hir raspin tung fir the salt taing o it. An whiles she lickit a manlik bodie kythit frae the ice. An this craitur mairriet oan a giantess, an neist thae birthit the first goad, an it wis thae goads wha seedit Yggdrasil, the Warld Tree. Thon wis the wey o it whan aathing stertit oot o Ginungagap.

Noo, Odin wis a graunbairn o Ymir, yit he an his brithers thocht thir graunfaither ower michtie. Sae thae jumpit the auld yin, an thae hackit him in hunners o bits. Neist thae champit his corp doun intae Ginungagap. Bit wunners o wunners, his flesh chyngit tae laun an his bluid tae sea. His banes waur noo bens, an his teeth grund stanes. The yird we aa ken wis kythit. An Odin pit Ymir's skull oan the tapmaist branch o Yggdrasil, whar it formit the blue lift abune oor yird. An the warld o Vikings wis kythit.

'Ah kenned Odin wis a Viking. Ah telt yi!'

Odin wis the maist craftie makar o aa the goads, the maist skeelie, formin the sun frae gowd, the mune frae siller an the starns frae glints o fire. An ablow he maks Midgairth, the hame fir humankin. Sae Aafaither Odin tuik an ash tree tae mak man, an an elm tae mak wumman, an thae mellit tae birth bairns.

'Adam an Eve!'

The ash an elm fowk wir nae mair blissit onieroads, fir sum o thir bairns lay wi giants, birthin war an stryfe. An ithers lay wi dwarves an luvit gowd the foremaist. An Ymir's yird wis torn wi furie an fechtin.

Sae Odin biggit Asgairth abune Yggdrasil tae be a laun o licht, a hame fit fir goads. An ainlie bi crossin Bifrost, the rainbow brig, culd oniebodie win tae Asgairth, gin thae micht jouk Heimdall the watcher. The giants waur pit awa tae Ootgairth wi thir guts gnawit bi envie an hatred, whiles thae luikit oan the guid fortun o aabodie forbye theirsels.

Bit abune aa ithers thae loathit the Aesir an Vanir o Asgairth, broodin dey an nicht hoo tae devise thir spuilzie an wrack, yit wantin the wit. Till the dey Loki turnit agin his kin, bit thon's anither taill.

Noo faur doun aneath Yggdrasil wis bubblin yit the Wal o Lyfe. Times Odin gingit doun tae see thrie fell wummen wha bidit dounbye – the Norns. An thae wummen kenned past, present an whit wis tae cum, whilk wis mair nor Odin culd discern oot o his yin ee.

'Hoo did Odin tyne his ee, Skald?'

'Thon's anither taill, dinna speir!'

Thae Norns spin the thraids an weave oor weirds til the feenish o time.

'Whit'll happen?'

'An telt yi, bairn, dinna blab.'

'Ah'm nae a bairn! Tell me.'

'Aaricht, gie me a braith. A battle, a michtie fecht tae the daith fir gods, giants an human kin.'

'Sae the Norns ur lik taill tellers, makars o stories an dreams.'

He luikit me wi an eident ee, an noddit.

'An in his ain wey, Odin is a makar tae. He his twa Ravens, Mense an Mindin, in oan ilka shouder. Yit Odin wis frichtit bi the endtimes and the muckle fecht tae cum, whilk thae cryit Ragnarok. Bit the Norns wuldna gie him thir foretellin. Sae he gingit wanderin lik a sorner, gin he micht fin wisdom o his ain. An sum fowk sey he's wanderin the nou.'

An Skaldie cam tae a feenish lik a spring wal in a drouthie simmer. An he's peerin intae the wee fire, an nae anither wurd he spak til the pilgrims cam tae the voe, chitterin lik speugies in the morn. Thae wir weill pleasit wi thir offerins tae Sanct Ethernan an haly biddins tae Oor Leddie o the Martyrs.

The road hame wis aisie won, sailin alang the side o the Isle wi a west sun shinin oan the hie crags, fou o skraichin gulls. We rowit steidie, til comin oot intae the lee o Fife Ness yince mair we raisit the sail athwart an lat hir rin fir Pittenweem.

The pilgrim bodies chauntit aboot the bluid o Ethernan rinsin oor sauls. Suune we cam intae the havn roun the Sanct's ain wee waa, bit mindin tae keip awa frae the current. An whiles the pilgrims laundit thir wis a clinkin o coin intae the paulm o Skald the Ferrie.

Skaldie wisna heidit fir the taivern, nor Bridie's weem tae tak the smokin leaves. Suiht tae tell, Ah dinna ken whit he wis aboot, fir Ah wis knackerit aifter ma oarwark. Afore Ah suppit sowens ben the hoose, Ah wis sleepin soun an dreamin o Odin's yin ee.

THRIE

YINCE MAIR, DEY dawnit fair, and we hied tae the Priorie afore crossin tae May Isle.

'Whit kin yi gie me neist?' speirit Faither Tammas.

'The fecht at Clontarf.'

'Nae Sanctis the dey.'

'Leistweys yir coontin Brian Boru.'

'A maist Christian King.'

'Nae dout, bit the taill sterts wi a michtie Jarl o Orkney, Sigurd the Stoot.'

'Whiteer yi wale,' soughit the Prior, gien his scribes the nod.

THE FECHT AT CLONTARF

Yule cam roun an Jarl Sigurd o Orkney wis feastin the saison in his graun haa oan Birsay. An aside him wis Jarl Gilli o the Hebrides, wha wis mairriet oan Sigurd's sister, an Sigtrygg Shinin Baird, King o Dublin. It wis a gaitherin o Viking Sea Kings. The boords waur laidit hie wi viands an breid, an the yule hornis waur aye brimmin ower. Bards aplentie sang o auldtime fechts, michtie forfaithers an the goads.

Yit it wisna ainlie Yule featsin whilk brocht Sigtrygg tae Orkney. Na, he wis aifter friens in his faa oot wi Brian Boru, Hie King o Ireland.

Noo ither fowk oot o Iceland wir weilcum at Sigurd's boord thon Yule. Thorstein the Bard wis forrit in the haa, an Flosi Thordarson wi his hirds. Thae yins hid brunt the ferm o Njal Thordarson, slauchterin Njal an aa his kin. Pit oot o Iceland, thir ship rin agrund in Orkney an Jarl Sigurd gied them sanctuarie, gin thae micht be willin tae fecht wi him in Ireland.

Bit, yi maun tak tent, Kari the Icelander arrivit oan Birsay an aa. Noo Kari wis mairriet oan Njal's dochter, bit joukit the burnin. An he tuik an aith tae hunt doun the killers o Njal. Whan he cam tae the Faroes, wurd cairriet frae Orkney thit the Burners roustit at Birsay. An he wins tae the Jarl's haa whiles aabodie wis Yule feastin. Yit he didna ging ben, bidin ootside tae gaird the yett.

Noo, roun the boord, Jarl Siggtrygg caaed for the Burners tae tell thir taill, an thae pit up Gunnar as thingman. An Gunnar gies the haill ongauns at Njal's steadin. An aifter the onset, seys he, the sons o Njal caist doun thir swordis an pleidit fir mercie. Afore deein, thae grat an pissit thirsels wi dreid.

Bit ootbye Kari kenned Gunnar fir a blackhertit faither o lees, an he culdna haud back. Brustin oot wi furie he chairgit intae the haa, an cowpit Gunnar's heid wi yin straik o his aix. An Gunnar's heid laundit oan the boord wi a thud, an whiles his neck oozit bluid, his een gawkit oan the Jarls wioot blinkin.

Sigurd wis choakit wi rage an roarit fir Kari tae be straucht killt, bit naebodie muvit. Kari hid aince servit wi the Jarl an wis weill likit. Forbye, Kari kenned his ain richts.

'Ah ne'er reconcilit wi the Burners,' proclaimit Kari aside Gunnar's heid, 'sae it wis ma richt tae tak vengeaunce fir Njal.' An he sterts tae tell a suithfast taill o the Burners' assaultin Njal, an hoo his kin focht lik lions agin sic treacherie bi nicht.

Bit oor ain taill maun voyage tae Ireland, whaur Sigtrygg o Dublin wis mairriet oan Brian Boru's dochter, whiles Brian wis mairriet oan Sigtrygg's mither, Granflaith. Noo she wis suith Viking, fir a wumman, an likit weill tae be happit wi a buirdlie man bi nicht. Bit Brian wis a peelie wallie sort o man, a king turnit priest, wha likit tae pray aa nicht bi the altar. Sae he pit Granflaith awa frae his coort.

Neistweys, Sigtrygg wis pledgin his lustie mither tae Sigurd, an makin him Hie King o Ireland, gin he wuld jyne the fecht agin Brian. An Sigurd wis sae hungert fir pelf an siller he culdna see past the offer, e'en whan his chief men telt him tae haud back. An Sigurd sweirs tae tryst wi Sigtrygg at Dublin.

Aifter Yule, Sigtrygg voyagit sooth tae Man Isle whaur yince mair he pledgit his mither an becomin Hie King tae Brodir, a michtie chief an berserker. Noo Brodir wis wearie o bidin in Man and pleyin the Christian, sae he pactit wi Sigtrygg an aa. Bit the nicht aifter, he wis grippt wi a kennin. He sees his ain ship owercum wi waves o bilin bluid. Yit Brodir wis ower sure o his ain glamourie tae be frichtit bi sic a daith kennin, an whan Spring arrivit he voyagit tae Ireland.

The taill turnis tae Ireland whaur Sigtrygg, Sigurd the Stoot an Brodir aa forgaitherit oan Paulm Sunday. An Brodir seys tae the ithers, 'Gin we fecht afore Haly Friday we'll aa die, bit gin we fecht oan Friday, Brian wull dee.'

Noo this new keenin vexit the Vikings fir Brian Boru culdna fecht oan the dey White Christ shed his ain blude. Bit

Brian sent his muckle airmy tae fecht oan Friday, whiles he retirit tae pray in the nearmaist wud.

Sic a tuilzie wis jynit as ne're seen afore, whan the hosts focht alang yin front, wi divers hirds tae the fore. An Brodir wis taen bi his berserk furie, an he hackit thru Brian's host till Ulf, the Hie King's brither, fellt him wi thrie blaws o the aix an Brodir, oot o his richt mind, rin intae the wuds.

Neist, Brian's ain hird laid oan Sigurd's band fell sair an killt the standart bearer. Anither man tuik up the flag, bit he gings doun an aa. Noo yi maun ken thon wis a byordinar standart gien tae Sigurd bi his mither, wha wis hirsel giftit wi forekennin. Weill wrocht wi a michtie raven in the midst, the bainner blawit in the wund an the raiven muvit its wings, fleein aheid o the host.

'Tak up the standart,' seys Sigurd tae Thorstein the Bard.

'Cairrie yir ain raven, Jarl Sigurd,' seys Thorstein, 'syne aabodie wha raisit thon flag is noo deid.'

'Ach weill,' cracks Sigurd, 'the beggar an his gounie maun haud thegither,' an he wrappit the bainner roun his bellie. 'Shield Ring! Lock the Ring ticht!' he commaundit.

Aiblins in the fechtin furie, Sigurd didna mind his ain mither's wurds: 'Gin Ah thocht yi micht leeve fir aye, Ah wuld hae keipit yi in the wool creel. Bit whit wull be wull be, an Ah jalouse the Raven micht bring daith tae yin wha bears it, yit victorie tae the yin wha cams ahint.'

Hoobeit, Sigurd focht amang the foremaist wioot dreid, an he wis wundit in the leg bit gied nae grund. He wis stuik wi a spear tae the thraipple bit gied nae grund. Till at the laist he choakit wi his ain bluid an fell, lain midst his nearest kin.

An Thorstein the Bard focht stootlie tae, yit luikin roun he sees the dregs o Sigtrygg's host fleein tae the ships. Sae he sterts awa bit bent tae bind the thong o his buit.

'Whae ur yi nae rinnin wi tne ithers?' speirit Brian's brither Ulf.

'Weill,' seys Thorstein, 'gin Ah canna win hame tae Iceland the nicht, thir's nae haste.'

An Ulf gied Thorstein his lyfe oan accoont o his wut an gumption.

The taill turnis tae Brian the Hie King wha wis faur intae the wud makin his devotiouns. He hid biggit an altar an wis crossin hissel, an beggin his goad fir victorie, alang wi a hantle o chauntin priests an haly brithers. Noo, Brodir wis still wanderin thru the trees bumbazit bi wunds, bit whan he sees Brian he rousit, chairgit lik a bull, an tuik aff the Hie King's heid wi yin straik o his twa-haundit aix. Sae Brodir fulfilit his ain kennin thit Brian wuld dee oan Haly Friday.

Hoobeit, Brodir didna flee, weill content wi his aix wark. Sae Ulf openit the berserker's bellie wi a shairp blade, an cleikit his intestines tae a tree, an goadit him roun and roun till aa his guts waur wrappit ticht tae the wud, an the man wha thocht tae be Hie King deed in agonie, smearit bi his ain shit.

'Haithen bluid lettin!' brak oot the Prior, 'wioot mercie. Whit kin o lesson's thon fir the laddie?'

'Ah telt yi afore, Faither Tammas, the bluid's gien tae Odin. Thon wis sacrifice o war.'

'Brian Boru? Did he unnerstaun yir sacrificin?'

'He gied his bluid tae the White Christ oan Haly Friday. Whit culd be mair fittin? Ilk tae his ain, Faither. Sum sey the bluid o Brian salvit Christian wunds.'

'He sauvit Ireland fir Christ onieroads.'

Skald luikit awa frae the Prior, an tuik up his taill agin.

Thir waur monie omens an kennins across the norlauns aboot Clontarf. In Iceland, yin priest wis ettlin tae stert mass whan his white goun wis drenchit in reid bluid. Oan Orkney, an auld man wha Sigurd hid forbad tae sail wi him tae Clontarf spies the Jarl afaur ridin back frae the fecht. He gingit oot tae weilcum him hame an wis nivver seen mair oan the yird. In the Hebrides, Jarl Gilli, wha wis at the Yule cooncil yit nae at Clontarf, receivit a dream kennin o daith.

Bit in Caithness, twal weird wummen cam tae the weavin shed, an windit a loom o spears wi bluidy entrails. An whiles thae wrocht thir wanchauncie claith thae sang.

> Oor braid warp singis slauchter,
> Bluid draps weavin reid weft
> Oan spear grey claith.
> *Valkyrie daith chaunt*
> *Man chusin weird*
> Weilcum Isles host tae Valhalla,
> A michtie king daith doomit
> Jarl Sigurd faas.
> *Valkyrie daith chaunt*
> *Man chusin weird*
> Wind awa, sisters, ride awa

Wioot saiddle nor bridle
Wi entrails ridin.
Valkyrie daith chaunt
Man chusin weird
Weilcum tae Valhalla.

Skald bent his heid. Thon wis the feenish.

Prior Tammas rises an waulkit oot o the scriptorium. Nae wurd nor onie pooch o coin.

We cam thru the Priorie yetts intae bricht sun an a caulm sough o wund. Skald wis weill pleisit wi aa thae moothfous o fechtin an daith. 'Thon wis the Viking wey,' he brags, 'noo aabodie's worn saft. Lairgs wisn the shadda o a fecht.'

'Waur yi at Lairgs?'

He pretendit nae tae hear.

'Tak a grip, laddie, fir we hae a wheen o pilgrims tae shift. It'll be a daunner the dey.'

An sae it pruvit. The sea wis specklit wi fisher boaties, an the creel men forbye, aa takin thir chaunce unner a blue lift. Oan the May, Ah rin ower tae the hie cliffs tae luik doun oan grey seals sunnin thirsels. Wi yin blink o the ee, we beachit yince mair at Pittenweem, weill laidit wi coin.

The taivern wis hivin wi fowk toastin the sea hairst, an thae wir rowdie whan Skaldie cam ben.

'Gie us a taill, Skald.'

'Aye, oor dey wants its croun. Gie us somethin taistie.'

'Awa an hoo yir heids. Ma joug's tuim.'

'Gie the man a fou meisur o yill wull yi na?'

'Unsteik his ticht lippit gob fir him.'

'Whit's yir taill, Skaldie, an mak it a stoater afore aabodie's bluitert.'

THE WYLES O LOKI

Thor's wyfe wis the bonniest wumman o Asgairth forbye Freya, yit she wis nae muckle breistit lik thon goddess o luist.

Skaldie ripplit his ain lean bodie tae mak curves an fowk whustlit an lauchit.

She wis mair lik a slender birk nor a saugh greetin bi the river.

'Gaun yirsel!' thae whoopit, while Skald bendit an wavit in the wund.

Bit abune aa Sif cairriet a heid o lang gowden hair, shinin lik a dale o sunripit corn noddin the breeze afore hairst.

Noo yin time Sif wis sleipin ben hir ain chaumer wi the bar steikit, loast in hir dreams. An alang cums Loki.

'Here cums truible.'

Aye, Loki the deceiver. An wi sum wylie craft o his ain he lowsit the bar and slips inbye tae gloat ower slumberin Sif. She gies a wee shudder an turnit hirsel tae the waa.

Bit thon wisna eneuch fir Loki.

'Filthie beast.'

He taks a keen dirk.

'Na, na,' pleids Wullie, whiles Skald rins his thoum up the haurd edge.

An he reipit hir haill heid o gowden hair. An he wrappit up the shinin sheaf wi a coorse leir, draps it oan the flair, an hies awa wioot a wurd.

'Na, na, Thor, yi hae it throutother – nae hairm, jist a wee jest.'

Loki wis hingin twa fit aff the grund, whiles Thor grippit him bi the scruff o his neck wi yin michtie haun. The sheaf o Sif's hair wis in the tither haun.

'Whit wull yi dae, Loki, tae sort it oot? Ah'm no bidin onie langer.' An Thor wis gleg tae cram the heid o hair doun Loki's thraipple.

'Ah'll win a new heid o hair frae the dwarvies, mair bonnie nor the auld. Ah sweir, Thor, bi Odin's Ee.'

'Weill, dinnae hing aboot, leist Ah brak ilka bane in yir laithsome wee bodie.' An he drappit Loki oantae the grund. An Loki rin oot o Asgairth lik a dog wi burnin aumers up its airse. Ower Bifrost he gingit, an doun tae the realm o the daurk dwarves ablow Yggdrasil.

An, drawin braith, he broachit the maitter o Sif's hair wi the sons o Ivaldie, wha waur the maist skeelie smiths syne the yird cam oot o Ginungagap.

'Whit's oor pey?' speirit the craiftie wee men.

'The frienship o Asgairth,' reponit Loki, 'an ma aid in onie kin o daunger.'

Nae muckle, thocht the wee men, yit wha kenned whit the Norns waur weavin intae the weird o dwarvies?

In nae time, an wi smaa wecht o gowd, the sons o Ivaldie firit thir smelt an spun gowd intae the maist dentie o threids. An thae hingit the wavin threids ower Loki's airm, glintin lik raindraps thru sunlicht.

Bit the hair wis sae fine, the dwarves waurna thru wi the gowd. Sae thae craftit a ship fir the goads as weill, an a spear fir Odin, tae mak siccar the goads wuld be weill pleasit.

Noo whan Loki cam back tae Asgairth, the haill companie o hie dwallers, Aesir an Vanir, gaitherit tae fin oot whit the deceivin trickster hid brocht frae the dwarves. An he brung oot the gowden ship ticht stowit in a wee kist. Bit whan the lid wis raisit the boat unfoldit lik a flooer. Whit treisur, whit glamourie! Loki kenned the luist in thir een.

Neist Loki brung oot the spear fir Odin, an aabodie culd see it wis a daith dealer. Bit he keipit the sheen o hair tae the feenish, unveilin it wi a florish.

'See, Sif, pit this shinin gowd tae yir heid an it wull tak ruit strauchtweys. Yull be mair bonnie nor afore. An sae it pruvit. Bit Sif's hair wis nae the feenish o goads gettin treisurs. It wis ainlie the stert, syne Loki goat the meisur o thir greid fir gowd, thir luist fir aathing luvelie tae the ee, thir slaiverin aifter glamourie. He saw hoo tae deceive an destroy, nae hairmless trickster noo bit a malign deil.

'Whit wey, Skald?'

The taill teller luikit tae his yill joug.

'Is thir mair, Skaldie?'

'Aiblins a bittie mair,' an Skaldie tuik thir meisur whiles thae bocht yill, an urgit him oan.

The taill turnis tae the bountifou Freya.

The men soughit wi relief an pleisur. Freya!

Syne he caught thon glint in their een, Loki wis watchin Freya. An she slippit oot o Asgairth the verra neist morn, leavin hir cats raxin bi the hairth. An Loki gingit aifter hir oan the slee.

Doun trippit the goad o luve tae the dwarvies' weems, whaur she fund the sturdie dumpie bodies amidst haimmers an ainvils. Bit whan Freya spyit whit the wee men wir craftin, the een amaist fell oot o hir heid. It wis a choaker, a necklace o gowd, twistin lik a serpent wi souple bands an shinin scales. Thon wis ayont oniething Freya hid e'er seen, an she desirit tae wear it mair nor hir ain skin.

An the dwarvies lat thir een traivel ower Freya's gowden skin, an owerbrimmin breists, and thae luistit aifter hir mair nor thir maist preecious wark.

'Ah'll gie yi a guid price fir thon choaker,' seys she.

'Nae fir sellin,' reponit the wee fellas lik yin, 'we hae rowth o siller an gowd forbye.'

'Sae whit wull yi treat?'

'Yin pey fir ilka man o us.'

Freya's thraipple tichtit and hir mooth wis drouthie, bit she culdna pou hir een awa frae thon gowden snake. She culd feel it windin hir haill bodie wi pride. Lichts flickerit oan the wee mens' lang nebs, shiftie een an ugsome, humpie bodies.

'Verra weill, Ah hae yir drift, bit in the daurk. An aa nicht she pleisurit the dwarves yin aifter tother. An the neist morn she wis awa wi the choaker glistenin roun hir neck.

Bit Loki hid seen it aa, an rin aheid tae Asgairth whaur he gingit straucht tae Odin.

'Weill, whit's yir news?'

'Its Freya,' Loki smirkit, 'she's been swivin wi the dwarvies.'

'Whit fir, yi filthie slimebaa?' snarlit Odin.

'Tae win the finest necklace e'er craftit fir hersel.'

'Bring me the necklace, noo.'

'Whit aboot Freya?'

'Ah canna thole tae luik oan hir onie mair. She's a fuckin whure.'

Odin wis ragin, an the furie wis aboot tae brak oot.

'Aaricht, keip the heid, Ahm oan ma wey.'

Noo Freya wis wabbit an sleipin in hir chaumer. Bit Loki slippit the bar an stuid ower the goad, braithin hir warm braith an gloatin oan hir gowden form. She saughit an turnit tae the waa, an Loki raxit tae lowse the claisp o the choaker an brocht it tae Odin. An sune aifter Freya rousit, an cam luikin fir the necklace.

'Yi foul besom, swivin wi dwarves. Yi hae shamit aa the goads, an noo yi maun pey the forfeit.'

Frey tremmlit an luikit oan Odin wi dreid.

'Whit forfeit?'

'The necklace steys wi me, forbye yi curse aa human kin wi neerendin wars an stryfe. Set Midgairth fowk yin agin tither in bluidie fechts, an whan yin Viking faas yi maun raise up anither tae tak vengeaunce. The haill yird maun festser wi wunds, congealit bluid an rottin corps.'

'Gie me the choaker.' An raisin hir airms an breists she cleikit the serpent o gowd roun hir neck. Than she waulkit awa wioot anither thocht.

Odin an the raivens glowerit intae aifter times wi daurk forbodin. Bit Loki wis dauncin wi vile glee. Noo he hid sown bickerin stryfe amangst Midgairth fowk an the goads. His haill sel yairnit fir the sauvage endtimes whan aathing micht be pit tae burnin.

Loki is lowsit, Loki oor leein deil, Loki oor pith an furie.

'Loki. Loki, Loki!'

The taivern wis gane clean gyte.

Mair yill, an friens wir punchin, kickin, gougin, buttin. Sair neives an bruistit nebs the morn. An Skald peyed nae heed, slippin awa wi me close ahint.

'Yir nae a Loki. Whit wir yi daein?'

'Yi ken naethin, laddie. Aiblins Ah hae ma ain raisons.' An his scaudit face amaist split intae a grin.

'Pittenweem fowk did nae hairm.'

'Aye, laddie, yi hae the richt o it. Ah'm the wanderin kin. Ah neer bidit in yin place ower lang.'

'Lik Odin?'

He stertit up the brae, wi me pechin ahint.

'Lik Odin?'

'Yill disna dae eneuch. Ah maun gang tae Bridie's leaves. Odin gied his ee at the Wal o Lyfe.'

'Yir ee!'

'Tae win the eident kennins. He gies the ee tae Giant Mimir fir yin horn o watter – watter frae the wal.'

'Wha gied the ee, Skaldie?'

'Tae Mimir, yit he loast his heid.'

'Ah dinnae unnerstaun yir taill.'

'Guid, bit aiblins yi wull sune.'

'Hoo? Yir yill's haiverin.'

'Aye, bit thon heid's neist the Wal yit. Gin yi ging speirin he'll gie yi whit yir ettlin fir. Sae awa an speir the bluidy heid, nae me! Ah'm seik o yir yip yappins lik a wee dug nippin at ma heels. Ging awa an souk yir mither's tits.'

An he disappearit intae the daurk vennel fir Bridie's weem. Ah peltit hame lik a bairn nippit bi a partan oan the strand.

FOWER

THE NEIST MORN wis owercaist an thir wis nae wurd o Skaldie oan the shore. Ah hied up tae the cave hoose tae see whit wis whit.

'Thir's a sair heid oan the man,' Bridie telt me, whiles gingin oot tae the mercat wi a creel fou o herbs an seed baggies. Ah creipit in saftlie, bit Skald wis bi the hairth suppin sum brew o Grannie's.

'Ah'm bidin ben the hoose the dey,' seys he, slochin intae the fire. His yin ee wis keen eneuch.

'Yi wir stottin.'

'A Viking maun tak his yill.'

'Whit fir?' Ah wis bauld, haen naethin tae lose aifter the forenicht's stramash.

'Its the mead o inspiration fir a makar.'

'Whit's mead?'

'Its lik yill, gomeril, bit mair sweit an strang oan the tung.'

'Whaur kin Ah sup mead, Skaldie?'

'Och, its nae simple. Yince the twa clans o the goads – Aesir an Vanir – wir makkin a pact o peace, an thae aa gobbit intae a crock o gowd. An Odin formit a man cryit Kvasir frae the sloch. Bit the dwarvies murderit Kvasir an mellit his bluid wi the goads' spit, an noo it wis mead hinnie sweit. Gin yi drink o thon mead, ye'll be fair set fir bardin an scrievin.'

'Ah'm wantin tae sup mead, bit whaur micht Ah hae it?'

'Aye, thir's a wee snag. The giants tuik the crock o mead aff tae Ootgairth. Bit the Heid telt Odin—'

'The Heid?'

'Aye, Mimir's Heid, wha gies Odin the kennins, tellt Odin whaur the mead wis stowit. Sae, Odin guisit hissel lik a fermer, pouin a braid bonnet ower his broo an pittin a scythe tae his shoudder. An aifter monie ither disgusins he wins tae Ootgairth an woos a giant maid, wha gies him thrie owerbrimmin vats o the mead. An he flees awa in the form o an eagle bearin the vats oan his michtie wings tae Asgairth. Syne thon dey, Odin poors oot a meisur o mead tae aa makars an bards in Midgairth, an tae tellers wha sing o the Vikings an weave sagas o the norlauns. Sae, noo yi ken whit wey Ah maun drink the bluid o Kvasir, sweit lik hinnie oan the thraipple, an yin dey yi micht sup it an aa, gin yi hairken an mind weill the suithfast taillis.'

Ah wuld hae tae bide ma turn.

Hoobeit, wi cloods musterin oan the firth an a late tide, Skald culdna jink the scriptorium, nor the Prior's cloodit broo.

'Ah'm expectin better thochts the dey,' seys Faither Tammas, 'nae berserkers an bluidie entrails.' Skaldie wuldna meet his een. 'Whit aboot Sanct Olaf, the maist haly King Olaf?'

'He ne'er cam tae Scotland, Faither, sae Ah dinna ken hoo he wuld be in yir Pittenweem Chronicle.'

'He gied norlaun fowk the suithfast faith.'

'He forcit the White Christ oan them richt eneuch, an tuik awa thir free spreit an thir gear forbye.'

'Ach, Ah canna abide sic pagan haivers, man.'

'Dinna fash yirsel, Faither, Ah'll gie yi King Magnus, son o Olaf.'

'Magnus the Guid?'

'Na, Magnus Barefit, son o Olaf Peacefou, graunbairn tae Harald Haurd Rod.'

'Hardrada! He wis the warst haithen o the haill tribe, an accursit reprobate.'

'Aiblins, bit he's na in ma taill, gin yir wantin a taill aboot Barefit.'

'Verra weill, Skald, forgie my bein haistie, bit nae mair bersekers. Its a Christian Chronicle we hae in haun.'

Weill, Skald luikit roun wi thon yin keen sichtit ee, gin he wis chairgin the scribes tae tak up thir quills. An he lat oot a lang braith tae steir hissel fir the voyagin tae cum.

MAGNUS BAREFIT

Magnus wis King in Norrowa an haudit aathing wi ticht order. He wis a skeelie fechter, and ettlin tae mak his ain merk. Magnus tuik aifter his graunfaither Harald mair nor his faither, Olaf Peacefou.

Oniewey, wi Norrowa unner his rod, Magnus voyagit awa west, an seizin the twa Jarls o Orkney, Paul an Erlend, he sent them hostage back tae Norrowa. Bit thon's anither taill an we maun gang forrad tae the Hebrides, whaur Magnus hairriet the Isles. Yit, lippen tae ma wurds, oan the Isle o Iona, Magnus brocht mercie an peace fir he respectit the haly tradeetion o Columcille.

Noo, aifter aa the Isles waur peyin tribute tae Magnus, his bard Bjorn Knittit Nieve sang his praises.

Fire ower havns
Raisit tae the lift,
Fleein the fowk
Lang hooses brunt.
Thru Uist he gings
Takin gear an lyfis.
Dippin his sword
In bonders' bluid.
Faur roun Skye
Eagle hunger saitit;
Oan Tiree the wulfs
Lappit thir fill.
Sooth tae Islay
Wummen sair grat;
Fowk in Mull
Drounit bi reik.
Swords scythit Kintyre
Reapin Scots grain;
Forrad tae Man
Sailit Victorie's King.

Sae the Isle o Man wis neist fir burnin, bit Magnus didna win tae haivn oan Man. Forrad yince mair he voyagit tae Wales an jynit Anglesey tae his wheen o seagirt kingdoms.

Neist he returnit tae Scotland an treatit wi Malcolm, King o Scots – Malcolm Ceannmor, the muckle chief, whase faither wis killt fechtin wi Macbeth. Thon Thane hid a claim tae the kingdom bi richt o his wumman, Gruoch, bit monie years aifter, Malcolm killt Macbeth in turn, an wis made King.

An Ceannmor wis the Malcolm wha mairriet oan the blissit Sanct Margaret aifter he pit awa his ain waddit wyfe, Ingiborg.

'Malcolm Ceannmor is written in the Chronicle, bit it seys Ingiborg wis deid afore the mairrage.'

'A Viking culd hae twa wives, an ither concubines tae his bed forbye.'

'Goad forbid. Bit whit aboot Magnus, and whit wey wis he barefit? Sum haly penaunce?'

'Na, Faither, he gaed wi the Scots custom o wearin a kilted plaid wi bare shanks an nae breiks.'

Faither Tammas crinklit his broo bit didna repone.

Fir, yi maun unnerstaun, Magnus Barefit tuik a likin tae Scotland, an he treatit tae share the isles and the launs atween hissel an Malcolm. An Magnus devisit tae hae aa the grund whilk wis dividit by seas. Bit in Kintyre he draiggit a boat frae sea to sea wi its tillie shippit, sae clamin anither isle, an yin muckle forbye as Man nor the Lang Isle o Lewis an Harris.

Noo Magnus wuld fain hae bidit in the Hebrides, bit hame he maun gae an treat wi kings o Sweden and Danemerk, an he mairriet oan anither Margaret, princess o Sweden. An he tuik monie ither wummen bit as concubines, sae haudin tae the Christian weys.

Yit Barefit culdna settle tae his ain haa. He itchit fir mair isles an mair wummen. 'A king maun hae glorie afore lang leevin,' he seys tae his hamebidin fowk, wha granit an girnit aboot Magnus. Fir whiles he keipit the peace, he wis aye pittin them tae levies an muckle wappen wark oan account o his voyagins.

Sae, Magnus gaed reengin aa the mair, tae Dublin bi wey o Orkney an the Hebrides. An he gaitherit monie ships, an Vikings, wha yairnit for aulder custom afore the rod o kings, wir gleg tae jyne him. An Magnus tuik Dublin wioot bother, and stertit caistin his een ower Ireland. Treatin wi the King of Connaught, he pactit tae bigg mair tounis whar he micht wax wealthie bi traidin. An afore sailin hame he thocht tae tent the same in Ulster, fir it appearit traidin fir gear wis noo mair favourit nor fechtin fir bluid.

Sae aunchorit bi Ulster, Magnus leviet a slauchter o coos an hogs oan the shore tae proveesion the voyage hame. An he laundit wi his ain hird tae watch oot fir the kye bein brocht tae the beach. It wis a fair dey, yit a clood o stour wis in the lift ower the hill. Wis it the drovin o the kye nor a hostin o the Irish?

Magnus climbit the hill, caad fir mair men frae his ships, and arrayit hissel lik a michtie king for the fecht. Oan his heid wis an eagle helm wi wings lik horns. He hid a reid shield wi a lion heraldit in gowd, an his beltit sword cryit Legbiter wis hiltit wi graivn walrus tuith. In his haun wis a spear an ower his kiltit plaid wis hingin a reid silk tunic weavit wi roarin lions afore an ahint. Aabodie culd see Magnus wis a buirdlie man, fou o virr an fell prood.

Whiles thae airmit, the stour dispersit an thae culd see it wis the kye an hogs drovit tae the slauchter. Sae the airmy begoud tae cam doun frae the hill, an tae cross buggie grund fir the ships. Bit it wis saft unnerfit, an ill tae mairch ower. Magnus wis content wi his ain bare shanks, whiles ithers waur claggit bi the glaur.

In a blink o the ee, wioot soun nor sign, an Irish hostin raisit oot o the bog oan baith sides. The Vikings waur ower faur raxit oot tae haud them awa.

'Raise the standart,' seys Magnus, fell caulm 'an blaw the horn. We maun mak a shield ring whaur we staun.'

An the airmy gaitherit ticht roun Magnus. The Irish tuik nae heed bit hurlit theirsels lik berserks gin the waa. Bodies heapit hie, while fit bi fit the ring edgit seawaird. Yit sune as yin wave o Irish brak, anither brust in ahint.

Noo, wae tae tell, the shield ring wis haltit bi a stane dyke. Sum lowpit the waa, bit monie Viking and monie Irish deed fechtin haun tae haun aside the dyke. Magnus wis naethin loath, refusin tae ging ower the waa, staunin wi his aithsworn hird an wieldin spear an sword wi the foremaist. He wis piercit in baith legs, bit brak aff the spearshaift wi his fit an haun.

'Sae brak we thir spears, lads,' he cryit, an nane ither did he spak, fir an aix gied Magnus his daith wund thru the neck an doun intae his breist. He fell tae the grun spoutin bluid lik a deein whale.

An thae cairriet King Magnus wi his standart and Legbiter tae the ships, an sailit hame wi thir ill-tidins. Yit, bi the taill o it, Magnus deed as he leevit, stoot hertit an leal. An the bards still sing o the Barefit as a hero o the norlans an the isles.

Faither Tammas wisnae sure hoo tae tak this taill o a Christian king wha wis viking forbye. He gruntit an passit ower a wee jinglin pooch.

The tapmaist sun wis awa whan we steppit doun the brae. The firth wis gurlie and cloods wir massin in the lift. Nae sicht o Bass Rock the dey, nae launmerks.

'We'll be back afore it braks,' seys Skaldie perceivin ma thochts, gin Ah wis a buik oan the Prior's boord.

Bit ainlie fower pilgrims waur bidin in Bridie's weem. Yit Skaldie wis gleg tae sail oot jinkin the wunds wi oor sails. We oar laddies waur dementit wi pittin claith in an oot an athwart, whiles the pilgim bodies boakit ower the gunwales lik seik dugs.

We beachit aifter rinnin oot an in wi the blaw, an Ah herdit the pilrims tae wash at the Wal afore guidin them tae the kirk. An the brithers gied me a piece an croudie. Ah wis leerie noo o Skaldie an his contrair naitur.

Bit comin back intae Pittenweem, in the lee o Fife Ness, aabodie wis mair contentit. The pilgrims weavit awa tae a haly nicht at the brithers' hostelrie. Disdainin ma sulks, Skaldie mairchit me tae the taivern.

Suith tae tell, thir wis nae claitter nor claick ben the taivern. Aabodie wis nursin sair heids an bruisit nebs. Naebodie gied Skald the time o dey aifter we cam ben. Bit the Ferrie pit a wee jinglin pooch oan the boord an bocht eneuch yill fir aabodie.

'Nae the croun o deys,' seys he, 'forbye we hae sum humourin neidit, aifter yestreen's stramash.'

The fisher foowk glauncit roun wi lowerit heids, gin thae wir shaimit, bit thae tuik hert frae the free yill.

'Taillis o the dug,' jestit Skaldie, 'soukin doun a fou meisur o yill.'

'Hae yi anither Loki taill?' speirit Wullie, 'Ah culd yaise a wee lauch.'

'Aye, gie us a taill.'

'Gin Ah weet ma whustle,' chidit Skald, 'Ah'm ower drouthie syne the saut sea faem.'

An aifter a hantle o yill drauchts drainit doun thir thraipples, Skaldie tauld a taill tae mind an mend. He wis a thrawn mannie tae mak oot wis Skald. Yin dey he micht be clammit ticht an gurlie gin yi speirit. The neist he wis lik a gudeman crackin wi friens roun his ain hairth. Naethin wuld dae bit he micht tell yi a taill.

Ah mind ilka turn lik a sailor kens the sea. Thon nicht kythit anither Skald.

POCHLIN THOR'S HAIMMER

Yin morn Thor rousit fae sleip an raxit fir his beluvit haimmer Mjollnir. Bit it wisna tae haund. He scartit his een an scourit aroun.

'Whaur's ma haimmer?' he yalls, 'its nae here.'

'It's pochlit,' seys Loki, nae ill pleasit wi this turn o fortun. Ah'll fin oot wha's the reiver.'

An Loki gings tae Freya fir a len o hir falcon faithers, an awa he wingit thru the lift tae Ootgairth, whaur he spyit Thrym the frost giant luikin weill chuffit wi hisel. Sae Loki lichtit doun.

'Hae yi reivit Thor's haimmer?'

'Aye, Ah hae.'

'Whaur is it?'

'Nae tellin.'

'Whit's yir gemme, Thrym? Sloch it oot.'

'Ah'll gie Thor his haimmer gin Ah hae Freya tae be ma bride.'

'Freya!'

'Aye, Loki, Ah'm waistit wi luve fir Freya. Ah'll no kin leeve wioot thon bodie in ma bed.'

'Whit a bourach,' seys Loki, lauchin wi glee, an awa he flees tae gie the wurd tae aa the goads in Asgairth.

An whan Freya wis telt aboot Thrym's wooin, she risit in furie, airms and breists swallin, til hir choaker brustit oot, hurlin gowd links aaweys lik slingin stanes.

'Wheesht, wheesht noo,' seys Loki, 'dinna tak oan sae. We cannae send Freya tae Ootgairth. The goads wuld be shaimit. We maun fin anither bridal pairtie fir Thrym.'

'Whit wey?' seys Odin, bamboozlit bi Loki's cantraips.

'Thor,' seys Loki, 'he maun be robit lik a wumman, wi a veil ower his heid an hoose keys tae his girdle.'

'Yi foul wee stank,' yallit Thor, 'wuld yi mak me a whurmungerin shape shifter?'

'Na, na, dinnae ging gyte, its ainlie a ruse. An ye'll nae be alane fir Ah'll cum wi yi as haunmaid.'

An a muckle tuilzie brust oot wi sum rivit bi lauchin an ithers bi furie. An sum cryit 'aye!', an ithers 'nae!'. Bit bye and bye thae aa caulmit doun an wunnerit whit else culd be dune. Fir, aifter aa, wioot Mjollnir tae haud them back, the giants micht storm intae Asgairth an pou the haill shebang doun oan thir heids.

'Aye, aye,' thae wir soothin, 'we'll pit the necklace tae richts, and dress Thor, and Loki forbye, lik weill daein wummen wi veils ower thir heids an hoose keys oan thir girdles. An we kin rax oot he choaker tae ging roun Thor's michtie breist.'

An whan Thor an Loki cam tae Ootgairth thae wheedlit an simperit lik twa lassies. An Thor lowsit his reid locks, and wabblit his airse lik a coo in heat. Thrym wis aside hissel wi delicht an owercum wi luist, bit gleg tae pruve the giants kenned hoo tae mak a mairrage feast. Sae he set the wummen in the place o honour at his hie boord.

An the giants brocht boar an oxen wi bluid puddins an cracklin an aa kin o ither pleasin deinties. Thrym culdna traist his ain een as bonnie Freya pit awa twa haill oxen ahint hir veil, an soukit up ten horns o yill.

'She's no verra deintie feedin,' seys the bridegroom.

'She's sae flamit wi luve fir yersel, Thrym, she hasna pit mait tae hir mooth nor suppit yill syne fower deys,' pipit Loki in a hie screechie voice, 'Freya's ableeze wi desir.'

An Thrym wis fair awa wi hissel at the thocht o sic a randie bedmate.

'She's verra reid in the een,' seys the bridgroom, leerin at Thor's veil. 'Lik burnin aumers.'

'Freya hasna steikit hir een fir fower deys syne thinkin oan this mairrage,' pipit Loki, 'bit aifter she his a grip o yir michtie haimmer she wull sune be sleipin soun.'

An Thor wis shakin oot his lang lockis frae the veil lik a nest o serpents, an thae windit dauncin roun his breist wi thir gowden links.

'Fetch the Haimmer noo!' roarit Thrym wha culdna haud back onie langer, 'lay it atween hir knees, ae Ah wull be yokit tae Freya fir aye! Grip the Haimmer, ma luvely, and we wull jyne oor flesh in sweit swivin.'

An thae brocht oot michtie Mjollnir whilk Thrym hid reivit frae Thor's nicht chaumer, an he pit it atween the bride's knobbit hairie knees. Bit afore thae culd caa the mairrage, Thrym's sister cums struttin up an claimit Freya's necklace as hir bride portion.

A reid mist veilit Thor's een. His twa hauns raxit oot for Mjollnir gin it wis pairt o his ain bodie. He culdna haud back noo, an the skull o Thrym's sister crummlit lik a cruist o pie. Neist Thrym hissel wis laid oot oan the grund wi his harns leechin oot frae his rivit heid, lik spillt sperm. An thon wis jist the stert, fir Thor murderit ilka feastin giant gin thae culdna lowp the boord an rin clear.

Sae Thor gaed back tae Asgairth wi Freya's necklace wrappit roun his airm, an Loki wis gien muckle credit fir his craftie devisins. Yit nane of the hie dwallers goat the drift o Loki's ill wull an his intent tae bring doun thir haas fir aye. Gin Odin didna hae a glimmer o forekennin frae the Norns.

The taivern crood cheerit an stampit an cryit mair yill, the forenicht's fechtin aa forgot. Skaldie kenned weill hoo tae rouse them wi sic a taill. Yit he sleikit awa wioot spakin anither wurd.

Ah daurna shaw masel aifter thon kin o tellin, sae Ah bidit aneath the benches wi smellie auld creels til the fishers waur menseless wi mair drink.

An Ah thocht tae masel wi wunner hoo yin man culd shift thru sic cunnin nor glamourie, chyngin intae a wumman in yin blink o an ee, yin weave o the haun.

FIVE

'YE'LL NO KIN sail the dey,' seys ma mither laidlin oot parritch. 'Ging tae Bridie's weem an leave Skald weill alane. Thir's wurd he foulmoothit the haill taivern yestreen.'

'Ah wulda ken, mither.'

'Aye weill, keip yir lugs steikit.'

An the sea wis goustie, an roilin nae dout ayont the May. The boaties wir draiggit hie up the beach, wechtit wi stanes.

The smell frae Bridie's weem waftit doun the vennel, ticklin the neb an neist the een wi temptin reik.

'Ach, laddie, its yersel. Cum awa ben.' Bridie wis richt cheerie.

'Whaur's Skald?'

'Aye, cum an rest yirsel bi the hairth,' seys Brither Cyril, wha wis snug ludgit bi the fire, soukin his fingers frae a hinnie bannock.

Ah wisna gleg tae stap in, bit the thocht o aits an hinnie wis ower strang tae fecht.

'Bit whaur's Skald?' Ah speirs yince mair.

'Skald cums an Skald gings, whaur he wulls,' seys Grannie Bridie, 'he disna bide hiraboots lang, bein o the wanderin naitur.'

'An whit kin o taillis is he deavin the bairn wi? Pagan haivers nae dout. Prior Tammas, Goad bliss him, canne credit the hauf o it.'

'He's scribin Skaldie fir yir Chronicle,' Ah protestit.

'Aye bit, bairn, thon's a haly Chronicle.'

'Tell him, Cyril,' soothit Bridie, 'aboot the haly Sanctis o Pittenweem.' An she haundit roun anither bannock. 'Tak a wee sup o cordil tae weet the thraipple.'

'Ah micht hae a wee tait, Bridie, it fair gentles ma hoast.'

Bridie unstappit a flaisk an tippit a meisur o gowden cordial intae a beaker. Yi culd smell the warmth aff it. Suith tae tell, Ah hid unstappit the flaisk masel mair nor yince an taen a sup. Bit noo Ah hid a kenning it micht be mead. Nae wunner Skald wis aye wi Bridie, whateer she tellt creeshie Cyril. The haly brither soukit in anither draucht o mead an lickit his lips.

'Aye weill, the haly Sanct Ethernan wis foremaist, laddie, sailin frae Ireland an aa the wey roun Scotland, preachin Christ oor Saviour. An he landit here oan account o the Isle, fir langsyne he desirit a dysart o contemplation, een he micht reenge the ootermaist warld tae fin sic a place. Ah wuld hae the shivers bidin oan thon rock.' An Cyril tuik anither souk o cordial at the verra thocht.

'Hoosoever, the Sanct wis beluvit bi aa the fowk hiraboots, yit it didna feenish weill. Sauvage Vikings cam intae the firth ahint thir draigon proos, an thae murderit ilka yin o the May brithers. An Ethernan hissel wis raxit oot oan his altar. Thae cut oot his hert an luingis, an sacrificit him bodie an bluid tae thir ain goads.'

'Haly Mither sauf us!' exclaimit Bridie, 'Ah neer heard the like o it.'

'Yit blissit be the Lord Goad o Heiven, fir monie healins an haly wunners wir causit bi the bluid o the Sanct, and the May turnit intae a pilgrim shrine.'

'Goad be praisit,' croons Bridie, crossin hersel, thon wis the mercie o Fillan, an o Mither Mary.' Ye'll hae anither hinnie bannock, brither.'

'Verra weill, Ah'm nae fastin. Wioot a smidgin o dout, it wis tidins o thae wunners whilk brocht haly Fillan frae Lochaber tae Pittenweem. An he biggit his shrine in oor weem, an Bridie tendis the haly lowe nicht an dey.'

'Wis he scrievin in the weem, Brither Cyril?'

'Aye, did he nae? Yir cleg tae lairn richt eneuch. He scrievit the scriptur frae gey auld vellum, an whan it wis daurk his ain airm lichtit the buik, an he culd scrieve faur intae the nicht. Thon wis a wunner!'

'Thon's hoo Ah mak ma caunles fir the pilgrims, bairn. Tae mind them o Fillan, an gie sauf crossin tae the May forbye.'

'A wark o maist haly charitie,' intonit Cyril.

'It surely is, Cyril, a haly wark tae be sure.'

An thae gied yin anithir the sleikit ee.

'Ah maun fin Skaldie.'

'Ye'll nae kin cross the dey, lad,' seys Bridie, 'it's fell goustie.'

'Ah ken, Grannie, bit Skald's maist liklie ben the Priorie, an Ah maun lippen ta the scribin.'

'Nae dout, nae dout,' purrit Cyril lik a moggie wha hid lickit the cream.

Sune, Ah wis thru the Priorie yetts, an the brithers gied me nae tent. Ah won tae the scriptorium, whaur Skald an Faither Tammas wir disputin nae scribin.

'The Chronicle, yi maun unnerstaun, scrieves hoo a Christian Kingdom wis formit by Picts an Scots thegither.'

'Aye, tae fecht the Vikings!'

Prior Tammas wisna gien onie grund.

'The auld kingdom abides tae this dey bi the mercie o Christ. Thon's the haill mense.'

'Yi cannae tell the taill wioot Vikings.'

'Ah dinna concur.'

'Weill, hoo aboot Orkney?'

'Orkney?'

'Aye, hoo di yi accoont fir the muckle pairt Orkney taks in yir taill?'

'Weill – Ah dinnae ken.'

'It wis the hub o the norlauns, Faither, wi voyagin tae aa the airts – Viking kingdoms east an west, nor an sooth.'

'We ken Norrowa, Sweden, Denmark. Whit ithers?'

'The Hebrides, Man Isle, Dublin.'

'Bit, Skald, thae places ur nae kingdoms noo.'

'Yit Orkney wis airt an pairt o yir Christian taill.'

'Whit wey?'

'Aftmes thir waur twa an whiles thrie Jarls o Orkney.' Skald pausit lik a bard peyin coort. 'The kings o Norrowa wir makkin siccar Orkney wadna wax michtie in its ain richt. Sae thae portionit Orkney, noo yin wey, noo tither.'

'Ah see yir drift, Skald, fir Sanct Magnus wis murderit oan the back o sic devisins.'

'Sae we kin tak up the taill wi Orkney, gin we micht weave aa the ither threids wi it.'

Ah sair yairnit in ma ain hert tae sail tae Orkney an a thae ither isles. Bit fir noo Skaldie wis launchin oan his voyage. We culd dae nane ither bit ging wi him.

THORFINN THE MICHTIE

Whan Jarl Sigurd gaed tae Clontarf he treatit wi kings an focht aside kings, forbye he wisna cryit king hissel. Yit aifter Sigurd's daith, wrappit in the Raven, Orkney wis dividit atween thrie o his sons – Summarlid, Brusi an Einar. Howbeit the Jarl wis convertit tae Christ bi commaund o Olaf Tryggvason, King o Norrowa, he hid fouth o wives an concubines asides aa his deys.

Noo anither son o Sigurd the Stoot's wis Thorfinn, wha wis ainlie a bairn whan his faither deed. Bit he bidit wi his graunfaither, Malcolm King o Scots, anither Malcolm yi ken, nae Ceannmor. An Malcolm gied Thorfinn Caithness an Sootherlaun tae rule as Jarl. Aiblins the aul king wis faurseein, fir Thorfinn waxit strang an buirdlie wi raven locks an black broos forbye. Frae the oot, he wis aifter pooer an pelf.

Bit Thorfinn's aulder brithers wir nae o yin breed. Einar wis graispin an wioot pitie; Brusi wis skeelie wi wurds an no keen oan fechtin; Summarlid wis the auldest brither, bit deed afore makin onie merk o his ain.

An aifter Summarlid deed, Einar refusit tae gie Thorfinn a portion o Orkney, seyin the laddie wis weill providit in Caithness. Brusi wis pliant either wey, an it endit wi Einar takin twa pairts oot o thrie. Sae stertit the gemme o thrids wi Orkney.

Hoosoever. Einar gaitherit a muckle hird o Vikings, an reivit the fermers til thir barnis waur tuim an fowk hungerit. Bit oan the ither haun, Brusi wi aisie pleisit an his fowk waur contentit an weill stockit.

Noo a fermer frae Sanday, Thorkel bi name, gaed tae Einar an pleidit the case fir better haunlin. An Einar spak fair, and seys he wuld gang Viking wi nae mair nor thrie ships. Yit the neist spring, Einar wuldna gie the fermers anither hearin, an tellt Thorkel ainlie yin o the twa wuld pairt frae the Thing leevin. Sae Thorkel tuik ship an crossit ower tae serve Thorfinn in Caithness. An monie ither guid men desertit Jarl Einar, whase ill fame wis faur bruitit. Bit Thorkel pruvit a man o traist, an he wis appointit tae guide yung Thorfinn, an wis namit Thorkel the Fosterer.

An bye an bye, Thorfinn cam o age an, as yi micht conceive, claimit his thrid o Orkney frae his uncle Einar. Whan Einar refusit, Thorkel gaitherit a hird tae attack, bit Brusi interceedit an reconcilit the twa pairities bi dint o gien Einar chairge o his ain hird in retrun fir Thorfinn receivin his portion o the laun. Yit gin Einar nor Brusi deed first, thir descendants wuld inherit twa pairts oot o the thrie. An aiblins Brusi wisna daft fir he hid a fine laddie, Rognvald, whiles Einar hid nane.

An Einar heidit aff tae Ireland wi his muckle hird, an waistit hissel raidin an fechtin, whiles devisin hoo tae win the haill o Orkney. An atween times, Einar killit Eyvind Auroch Horn wha wis a guid frien tae Olaf the Christian, King o Norrowa. Bit Thorkel hid gane afore tae Olaf's coort tae win support fir Thorfinn, an the Fosterer wis sune a coonsellor tae Olaf an aa, fir he wis skeelie wi wurds an faurseein. An in the ootcome, Olaf invitit Thorfinn tae Norrowa an gied him fair weilcum. Til at the feenish, Thorkel an Thorfinn gaed back tae Orkney whaur Einar hid noo retrunit tae tak the Jarldom fir hissel.

Yince mair Brusi intervenit tae ward aff onie fechtin. An the twa disputin Jarls, Thorfinn an Einar, pactit tae reconcile wi twa feasts, yin hostit bi Thorkel an yin bi Einar. An Thorkel gaed first oan Sanday, an laid his feast in a muckle haa wi doors at baith ends an the hairth midmaist. An aifter the feastin thae waur aa tae leave fir Einar's haa. An Einar wis festerin inbye, gleg tae ging awa.

Noo Thorkel hid nae traist in the Jarl an hid sent sum men afore tae spie oot the voyage, an richt eneuch Einar's boats wir lurkin in thrie voes ettlin tae ambush Thorkel.

Back oan Sanday, Thorkel wis delayin, gaein in an oot o the haa gaitherin gear fir the journey. An Einar sat bi the hairth girnin at the loss o time. Bit sune as wurd arrivit o the Jarl's black hertit treacherie, Thorkel gied the nod tae Hallvard the Icelander, an gingin ben frae baith ends o the haa, thae steikit the doors fast.

Thorkel waulkit doun thru the benches.

'Are yi no richt yit tae gang?' plainit Einar.

'Aye, Ahm richt noo,' seys Thorkel, 'an he gies Einar an aix intae the back o his skull. An the Jarl slumpit amang the aumers.

'Dearie me,' seys Hallvard, 'kin naebodie pou Jarl Einar oot o the fire?' An he snaggit Einar's thraipple wi his ain aix, raisit the bodie heid foremaist, an drappit a bluidie corp oantae the boord. Strauchtweys Thorkel rin oot tae gaither his men, bit naebodie muvit a finger tae venge Einar. His hird depairtit, an Thorkel tuik wurd o the killin tae Olaf in Norrowa wha wis weill content wi the ootcome.

Yit thon wisna the end o disputin. Bi richts, Brusi wis noo due Einar's share. Bit Thorfinn tuik his chaunce an claimit haulf o Orkney. Brusi refusit an Thorfinn rilit his brither bi seyin a thrid micht be mair nor eneuch fir a man o Brusi's mettle.

'E'en sae,' retortit Brusi, 'Ah micht dae mair nor gie awa ma lawfou portion.' An the Jarls pairtit in ill wull.

Noo Thorfinn hid mair men in Orkney an the backin o the King o Scots, an he wis yince mair itchin tae stert a fecht. Yit Brusi wis cannie an he sailit ower tae Norrowa wi his laddie, Rognvald. An Olaf gied them guid weilcum, an Brusi tellt the King hoo maitters stude in Orkney. Gin it wis a gemme o chess, Olaf makit his ain neist muve. An mind he wis a king, nae a Viking knicht.

'Yi see,' seys Olaf tae Brusi, verra joco, 'the Jarls haud Ork- ney, an Shetland forbye, in fief frae masel, nae ootricht. Yit Ah micht gie men an ships tae yir cause, gin yi tak an aith tae be ma man in liege.' An Brusi hid nae choice bit tae consent, gien awa his ain free richt tae Orkney.

Sune Thorfinn arrivit tae pit his side o the maitter tae Olaf, thinkin tae receive the lik weilcum an frienship as afore. Bit the King gied him the same taill as Brusi, an tellt Thorfinn tae submit an be Olaf's liegeman an aa.

Noo, Thorfinn wuldna yield, assertin he culdna fir he wis aithsworn tae the King o Scots. Bit Thorkel, wha wis aside

Olaf at coort, sent wurd bi nicht tae Thorfinn tae submit oan peril o his lyfe, fir Olaf wis resolvit tae hae his ain wey in the maitter whateer. An besides, he hid them aa in his pooer. Sae Thorfinn submittit alang wi Brusi.

Yit Olaf wis nae fule. He kenned fine Thorfinn wuldna staun bi his wurd. Sae he sat in jugement oan baith Jarls, an pronooncit his rulin. Brusi wis tae hae yin thrid o Orkney, Thorfinn anither, bit aithsworn tae Olaf. The ither thrid, Einar's richtfou portion, wis reservit tae Olaf hissel in remeid o Jarl Einar's killin o the King's frien Eyvind Auroch Horn. An, nae dune, Olaf telt Thorkel tae settle wi Thorfinn an Brusi fir the killin o Einar, bit the blude price wis set smaa, fir Einar hid been in the wrang.

Olaf hid thocht o ivrie ootcome. Yit the taill turnis noo in a wey he culdna hae foreseen. The Norns wir weavin a weird o thir ain devisin.

Aifter aathing wis acceptit bi the disputin pairties, an afore Thorfinn voyagit awa, Thorkel Fosterer gaed tae whaur the Jarl wis seatit an pit his heid oan Thorfin's knee.

'Whit ur yi daein?' speirs Thorfinn.

'Gien masel inate yir hauns,' seys Thorkel. 'Gin yi dinnae mak me yir man, Ah'll neermair set fit oan ma ain Isle o Sanday.'

Thon wis a turnaboot frae the coonsellor wha hid guidit Thorfinn syne bairntime. The Jarl wis dumstruik fir a while, bit than spak oot strang.

'Gin yi turn aithsworn, Thorkel, yi maun neer pairt frae ma hird, an yi maun dae aathing necessair tae ma gairdin.'

'Lat it be as yi wish,' seys Thorkel. Sae thae wir confirmit bi aiths yin tae the ither, and depairtit tae Orkney in Thorfinn's ship. Brusi whiles restit wi Olaf, an the King gies Brusi authoritie ower his ain reservit portion o Orkney, thinkin tae haud Thorfinn in check. An Brusi depairtit contentit, haen pit Rognvald intae Olaf's keipin forbye.

The laddie wis bred in Norrowa tae coortlie weys. He hid a guid conceit o hissel, wi lang gowden locks an a baird lik silk. Rognvald wis sune a byewurd fir beautie, yit he wis skeelie wi wappens an nae lackin in spreit. Aiftertimes he wuld pruve his mettle, faivourin the graunfaither Sigurd mair nor his faither Brusi.

Skald pausit tae draw braith. Prior Tammas signit fir yill. The scribes waur bent ower thir pairchments tentin tae haud pace wi sic a taill.

'Weill, Skald,' seys Tammas, 'yi wuldna tell a saga o Olaf yit yi hae gied a us a fair haunle oan his dealins.'

'The taill wull gae whaur it maun ging, Faither,' reponit Skaldie, 'bit thae daeins in Norrowa chyngit Scotland.'

'Nae leist thru Orkney. Aye, Ah hae yir drift, man. Dinna haud back noo, fir Scotland's in the makin.'

An Skald wipit his mou wi the haun whilk wis short o yin hauf finger.

The taill gings tae the soothlauns, fir Thorfinn bidit in Scotlaun, an gied chairge o Orkney tae his stewards an tae Brusi. Bit Vikings oot o Norrowa an Danemerk wir raidin in the isles ilka simmer. An as yi micht jalouse, Brusi wis weariet wi the hassle, sae he gied his hird ower tae Thorfinn alang wi yin o his twa thrids o the laun, gin Thorfinn micht tak oan the fechtin.

Sae Thorfinn waxit michtie bi laun an sea. He wis noo an ugsome bruit o a man wi a neb lik a raven's beak an broos lik thickets o blackthorn. An his hunger fir pooer wis owerweenin. Yit he keipit his wuts aboot him an kent weill hoo tae pit doun his faes. Thorfinn wis a suithfast Viking, bit mair craftie nor Sigurd an Magnus Barefit. He hid lairnit at Olaf's schule o kingship.

Noo, Thorfinn's graunfaither, Malcolm King o Scots, deed, an Duncan, faither of the Ceannmor, grasp the kingdom, til he hissel wis pit oot bi Macbeth, wha hid a claim bi richt o his wyfe Gruoch. An Macbeth wantit the rule ower Caithness an Sootherlaun in his ain hauns, nae unner the rod o Viking Jarls.

Thorfinn refusit tribute tae Macbeth. Aiblins he claimit tae be liegeman tae Olaf. Sae Macbeth maks Madden o Ross the Jarl in Thorfinn's steid. An Thorfinn brocht Thorkel tae his side yince mair, an thegither thae invadit Scotland an hairriet Ross.

Neist Macbeth sailit tae plunner Caithness, an Madden cam oot o Ross tae jyne him. Bit Macbeth wis warstit bi Thorfinn in a bluidie sea fecht, haun tae haun, yit he joukit awa tae gaither mair men an boats.

Thorfinn an Thorkel didna bide the oncome, bit returnit tae Caithness an ambushit Madden, takin the heid aff his shoudders. Macbeth musterit oan Tarbat Ness in Moray, whaur Thorfinn an the Fosterer cam agin him bi laun, an yince mair the King o Scots wis warstit. Noo Thorfinn stravaigit ower the norlauns waistin whit he culdna cairrie awa.

'A suithfast Viking,' saughit Faither Tammas.

The taill turns tae Norrowa. Fermers an bondsmen wir aye girnin, bit wioot warnin Kalf Arnason stirrit a risin agin King

Olaf, wha wis killt. An Rognvald, Jarl Brusi's son, wha yi mind wis foseterit at coort, focht fir Olaf. Saa Rognvald an his foster brither, Olaf's ain brither Harald, an Olaf's laddie Magnus waur aa exilit. An thae traivellit thegither tae the laun o Rus whaur Rognvald tuik service wi Jaroslav o Novgorod, whiles Harold gingit faurmaist tae Byzantium an jynit the Emperor's bodie gaird. Harald waxit wealthie, whiles Rognvald focht monie haurd fechts in Rus an cam intae his ain virr.

An aifer a time, Olaf's killers repentit, seein Norrowa hid neid o a king. An Kalf Arnason came tae Rus tae fetch Magnus, wha wis cryit the Guid, hame tae be King. An Rognvald returnit an aa, bit whan he cam tae Norrowa he receivit wurd thit his faither Brusi wis deid. Sae he resolvit tae voyage tae Orkney an claim his faither's portion alang wi Magnus' share.

Noo Thorfinn wisna the kin o man tae yield laun, bit it chauncit thit he wis haurd pressit fechtin in the Hebrides an in Ireland forbye. Sae he offerit the twa thrids tae Rognvald gin the yung Jarl micht cam tae his aid. An Rognvald gaitherit ships an men frae Orkney an Shetland, an raidit wi his uncle an thegither thae won a michtie victorie at Loch Vatten. Aifter thir pact, the twa Jarls raidit ilka simmer in the west, an bidit content in winter, Thorfinn in Caithness an Rognvald oan Orkney.

An sae the taill maun rest the noo.

'Aye, aye,' grumblit Faither Tammas, 'we maun hae oor devotiouns. Bit the morn, Skald, Ah'll be muckle obleegit, gin the tides micht rin agin yi.'

An a laithern pooch scuttlit ower the boord lik a wee moose. The Prior waulkit awa raxin his aims an we waurna faur ahint aifter sae lang oan oor airses.

'Wull thae twa Jarls faa oot, Skaldie?'

'The taill gangs its ain gait,' seys he, verra loftie, 'bit noo Ah'm drouthie as a crone's dug. Cum tae the taivern gin yir mindit, an as gleg fir yill as ye ur fir mead.'

An the taivern wis brustin wi fowk, oan accoont o the wund an broustie seas.

'Gie us a taill, Skaldie.'

'Aye, hoo aboot thon bad wee bastart Loki?'

'Na, gie us Thor the Haimmer an his pintle!'

'Ma joug's tuim.'

'Gie the man a meisur o yill.'

'Aye, unsteik his gob.'

'Gie us sum cheer, Skaldie, unner thae daurk cloods.'

Sae Skald weet his thraipple, an wipit a haun across his mooth an puckerit skin. An the ghaist o a grin traivellit ower his face aneath the yin guid ee.

THE FISHIN O THOR

Yin time, no in yir time, no in mine, bit yin time, thir wis peace atween Asgairth an Ootgairth, goads an giants. An thae feastit thegither in Odin's Haa.

Noo amang the giants wis Aegir o the Oceans, wha hid a white baird an lang tainglie grune hair. He keipit his haa aneath the waves whaur drounit Vikings cam tae woo his nine dochters wi thir faem white breists an dauncin locks o kelp. An thir mither wis cauld-hertit Ran, an she snairit sailors wi a net an draiggit them doun ablow the sea.

Noo the goads likit Aegir's haa nae mair nor the puir fisher fowk o Migdairth—

'Aye, we canna sweem doun gin we're leevin!'

'We cannae sweem, Wullie, either wey.'

'Haud yir wheesht an lat the man gie his taill.'

Sae thae neer feastit unner the watter, til yin dey Thor wis fou an he tellt Aegir tae invite the goads doun fir a swallie, an nae be sae ticht. An Aegir wis sair affrontit, bit didna lat oan.

'Ah hae ne'er invitit yi,' seys the auld giant, 'for Ah dinna hae a cauldron muckle eneuch tae brew the yill an mead yi quaff. Yit gin Thor brings me sic a brewin kettle, yi kin aa cum an weilcum.'

Aabodie thocht whaur micht sic a cauldron be fund, til Tyr Yin Haun, wha loast the ither bindin Fenris Wulf, seys, 'Accordin tae the taillis, ma graunfaither, Giant Hymir, hauds monie sic cauldrons in his haa ayont the rivers.'

'Ah'll gang an fetch yin back tae Asgairth,' cryit Thor swingin the haimmer roun his heid at the thocht.

'Ah'd best gang wi yi,' seys Tyr, 'fir Hymir's nae a gleg host tae straungers.'

Sae the twa goads speidit ower the lift in Thor's bogie, ridin storms, an dodgin spears o lichtnin. An bye an bye, thae arrivit at Hymir's muckle stane haa, aside an ice-cauld sea.

Tyr's grannie bidit thir an aa, an she wis a wrunklit monster wi nine hunner heids. Shaimblin oot, she wis aa fir tearin the goads in bits an stuffin hir ain maw. Afore she stertit, hir dochter cam oot an she saw it wis hir ain laddie, Tyr. She tuik the twa inbye an tellt them tae hap thirsels unner a cauldron.

'Ma faither Hymir disnae tak weill tae veesitors. Lat his furie wane an he'll jalouse yir his ain graunbairn.'

Sune Hymir breengit intae the haa wi his baird o icicles clinkin.

'Faither,' seys she, 'dinna be wroth. We hae twa veesitors wha hae heard tell o yir caudrons. Its Tyr, ma ain laddie, an his hauf-brither Thor. Thae hae traivellit a lang road frae Asgairth tae tent a cauldron.'

'Thor Giant Killer! Whaur is he?' An his shairp een reengit roun the haa slicin a muckle beam an bringin doun the cauldron, whilk hingit bi a swelk, oantae thir heids. An Tyr an Thor hid tae cum oot o the wrack.

Bit the auld giant wis craftie, ettlin tae faithom thir intent, sae he set them at his boord an sent fir thrie oxen, alang wi vats o yill an mead, tae lull the twa goads oot o onie suspeecion.

Thor rammit twa haill oxen doun his thraipple, an drainit fower vats o yill an fower o mead wioot drawin braith.

'We'll neid mair mait the morn,' grumblit Hymir, nae weill pleisit.

Hoobeit, the neist morn Hymir rousit wi the licht an gings doun tae the shore tae tak oot his boat an fish fir whales. Bit the giant wis confoondit tae fin Thor oan the beach aa redd tae ging fishin.

'Ye'll hae yir ain bait, nae dout?' seys Hymir thinkin tae pit him aff.

'Nae bother,' seys Thor wha seizit a muckle black bull an twistit aff its heid, 'this'll be jist the dab fir a whale.'

Noo Hymir wis a wee tait timorsum seein the bruit micht o the goad. Hoosoeer, thae pit oot tae stert fishin. Noo naethin wuld dae bit Thor rowit wi twa nor thrie slicht pous ayont the fishin grunds, till the boat wis straucht ower the daurkest sea, whaur lurkit the coilin serpent o Midgairth. Thor shippit the oars an pit a strang huik tae his line and the black bull's heid tae his huik.

Hymir wis snaggin whales an haulin them intae the boat. 'We'll hae tae row back,' seys he, pyntin tae hoo the boat wis dippin doun unner the wecht. Bit in the blink o an ee, the serpent tuik Thor's bait atween his fangs, an uncoilit, racin awa lik a deerhund scentin a staig. An Thor's haun smashit intae the gunwale. He roarit wi hurt an furie, bit braicit gin the timmers he gied a michtie tug tae his line, while the boord aneath him bucklit an begoud tae brak. The watter wis seithin lik a whelkie whirlin them roun aboot.

An the ugsome heid o the serpent cam oot abune the watter lik a draigon. Thor tuik a grip o the haimmer wi his guid haun an hurlit it intae the beast's broo. Hymir wis chitterin wi dreid, yit hid the wut tae breenge forrad an cut the line wi his dirk. The serpent dove awa an Thor, wioot thinkin, pit his fist intae the side o Hymir's heid, an topplit the auld yin ower the gunwale intae the sea. Bit the haimmer cam wingin back tae Thor, an aifter a guddle in the watter, Hymir claimberit back aboord slochin saut an bluid.

Neer a wurd thae spak, whiles rowin tae the beach, fell laidit wi Hymir's whales.

'Ah'd be muckle obleegit,' seys Hymir atween clampit jaws, 'gin yi micht cairrie a wheen o whales up tae the haa.'

'Verra weill,' reponit Thor, an he raisit the haill boat oantae his heid an mairchit awa wi the fou laidin. An Hymir stertit tae pit the whalemeat ontae a fire, fir thae wir baith hungerit aifter sic a stramash. Bit sune as Hymir hid yin whale toastie, Thor slippit it doun his thraipple.

'Taistie an crispit richt weill,' he seys, lickin his thoums wi pleisur.

'Weill, yi hae eneuch virr,' conceedit Hymir, 'yit nae the pith o a giant. See noo, kin yi crack thon beaker?' An he caad oot Tyr tae witness.

Bit Thor tossit the cup backhaun ontae the pillars o the haa. Neist it reboundit, sae he hurlit it at Hymir's heid an it brak in twa, wioot merkin the auld yin's skull.

'Aaricht,' seys Hymir, 'Ah'm deavit wi yi baith. Yi kin hae the len o a muckle cauldron.' An he fixit a sorrafou ee oan the twa haufs o his cup. 'Ah'll neer quaff yill frae yi mair, auld frien. Mair tae me yi hae been nor mait nor wumman.'

Thor tuik nae tent o Hymir's waefou haiverin, bit clappit the cauldron oan his heid, an won awa wi Tyr wha wis astoundit wi the ongaens o Thor an his graunfaither. An monie ither giants cam lumberin aifter, ettlin tae keip haud o the cauldron. Bit Thor whirlit Mjollnir an the muckle fellas tumblit yin oan tap o tither wi brak heids.

An Thor wis fou o hissel an braggit o his hie deeds in Ootgairth, till thae cam tae a braid river. Thor cryit fir the boat tae ferrie tham ower. Bit the ferrieman tuik the hump wi Thor's yallin.

'Whit kin o churl's shootin his mooth at ma crossin?'

'Ah'm Thor the Haimmer, Son o Odin and Lord o Thunner. Sae shift yir airse ower bye an gie us the fairin.'

'Weill, Ahm Ford the Ferrie, an Ah jalouse yir an ootlaw, nae son o Odin. Onieroads, Thor wuldna be haltit bi a mere ferrieman.'

'Ah'm nae waistin mair braith oan sic a filthie, leein wee slug. Cam across an Ah'll stuff yir wurds doun yir thraipple.'

'Ach, stap yir girnin, an tak the boat,' seys Ford, an the ferrie glidit ower wioot sail, oar nor tiller. An it returnit in lik mainner wi the twa goads aboord. Bit whan they won tae the ither bank thir wis nae Ford in sicht, jist Odin staunin gin he wis aye bidin thir.

'Did yi nae see the ferrieman?' speirit Thor.

'Na, ainlie ma braggairt son, Thor,' retortit the Aafaither, an he soundit his voice the sam wey as Ford Ferrie.

An Thor lauchit fit tae brust, an thunner rumblit roun Midgairth, an the laun shuik wi the goad's waggin bellie.

The verrra neist dey the goads gaed tae Aegir's haa, feastin an quaffin, yit Hymir's cauldron wis neer drainit. An as faur as Ah ken it wais neer returnit.

Sae, friens, maun we be mirrie an wioot drouth tae the hinnerend o oor deys, whiteer the reckonin. Taillis an yill micht haud awa the waistin o Midgairth.

An the haill taivern wis gleg tae droun the hassles o thon gurlie dey, jist as Skaldie foretauld.

SAX

THE DEY WIS owercaist yince mair, an Skald an the Prior didna dallie wi pleisantrie nor debait, bit set to lik twa gemmesmen weill yaised tae yin another's gambits.

DICIN WI TWA DAITHS

The taill restit wi Jarls Thorfinn an Rognvald, wha pit aside thir rivalrie o kin, an treatit yin wi tither lik aithsworn bluid brithers.

Bit noo the taill turnis, fir Kalf Arnason wis exilit oot o Norrowa an cam tae Caithness. Kalf wis foremaist in the killin of King Olaf Christian, yit repentit an brocht hame Magnus frae Rus tae be King aifter his faither, gin the lad wuld be steirit by Kalf. Bit noo Magnus assertit his ain richt, sae Kalf socht refuge wi Thorfinn, wha wis mairriet oan his neice, Ingiborg.

Thorfinn wis weill content tae weilcum his auld frien Kalf, nae leist oan accoont o the hird that cam wi him. Yit the Jarl noo hid the ootgaeins o twa hirds an aa thir plenishins. An he thocht tae claim back the thrid o Orkney whilk wis foretimes his brither Einar's share.

Bit Jarl Rognvald refusit, seyin he rulit the launs in fee frae King Magnus. It wis the auld gemme o thrids, wi a new haun in

Norrowa, yit Thorfinn wisna fir pleyin cannie. He bleezit intae a furie an gaitherit a host frae Scotland an the Hebrides tae mak his claim siccar. Rognvald tuik coonsel wi his ain hird and the chief men advisit him tae treat yince mair wi Thorfinn. Bit the Jarl wis hissel strang mindit, an he thocht tae sail tae Norrowa fir the backin o Magnus, wha wis his ain foster brither.

King Magnus gied Rognvald men an ships, an pledgit forbye tae restore Kalf Arnason's launs, gin he supportit Rognvald in onie fechtin. The Jarl returnit bi wey o Shetland, gaitherin mair men, whiles Thorfinn assemblit his ships in Caithness. An the twa pairties cam theigither in the Pentland Firth, norsides o the Isle of Stroma.

Noo Thorfinn hid the feck o the ships, bit Rognvald's boats cairriet mair men. Sae Thorfinn wis warstit, an he wis graipplit oan twa sides bi Rognvald wha led his hird in the fecht killin an wundin monie. Neist Thorfinn cut the lines an heidit fir shore tae sauf his bodie gaird an his ain bard.

Kalf Arnason wis moorit bi Stroma wi sax muckle ships, yit he hadna raisit an aunchor. Aiblins he wis gien thocht tae Magnus pledgin his launs in Norrowa, gin he jynit Rognvald. Thorfinn cryit ower tae Kalf.

'Ye'll neer be in guid staunin wi Magnus, Kalf. Gin Rognvald wins the dey, he'll be chief wi the King an yull be fleein tae Ireland nor England. Gin Ah win oot the dey, yi kin defie Magnus an we kin ging raidin thru the west. Onieroads, whit kin of fame wull yi hae skulkin launwards, whiles Ah fecht tae win freidom fir yi an masel baith? Wir bondit, Kalf, bi kin an the aiths o bluid brithers.'

An wioot mair pleidin, Kalf cam tae his ain mind oan the maitter. He pit his sax muckle boats oot tae sea. An maist o Rognvald's ships, seein anither host, sailit awa. Bit Rognvald's ain boat wis noo graipplit, wi Thorfinn oan yin side an Kalf the tither. Sae keipin his wits aboot him, afore he wis warstit, Rognvald cut the lines an made guid speid tae Norrowa, whaur Magnus gied him sanctuarie.

Bit Thorfinn pit aa Orkney unner his rod. He killt Rognvald's chief coonsellors, an tuik tribute frae baith lairds an fermers. Fir hissel, he bidit noo oan mainland wi a smaa hird, whiles Kalf Arnason gaed forrad tae the Hebrides, raidin an plunnerin tae uphaud Thorfinn's rule in the west.

In Norrowa, King Magnus pledgit anither host, gin Rognvald micht sail in the spring. Bit the Jarl thocht better o it, seyin he wuld ging back strauchtweys.

'Na, na, brither,' reponit Magnus, 'bide till the ice is meltit an the seas mair caulm, an yull gang wi a muckle host o ships.'

'Ah'll nae be the daith o mair leal men,' seys Rognvald. 'Ah'll sail noo wi yin stoot boat, an the best o wullin shipmates.'

'Tae whit intent, brither?'

'Ah'll tak ma chaunce atween a sudden raid an the unbridlit waves.'

'Naebdie kens brither, whit weird the Norns hae weavit.'

'Mayhap, bit we maun face forrad wioot dreid.'

Sae, suith tae his wurd, Rognvald pit oot oan the winter waves wi a hardie crew, an makit launfaa in Shetland whaur fowk inclinit tae Brusi's son. An the Jarl lairnit whaur Thorfinn wis in Orkney an hoo monie men waur bidin wi him.

Wioot switherin, Rognvald cam tae Orkney an encirclit Thorfinn's haa bi nicht. He wedgit stoot timmers across the yetts, an pit the haill hoose and barns forbye tae burnin. The wummen an bondsmen waur lat oot, bit the free Vikings waur caucht lik rats whan the last sheaf o the winter store is taen up and dugs ur lowsit.

Bit Thorfinn wis a buirdlie man, nae wantin spreit, an he brak thru a waa wi a twa heidit aix an, takin his wyfe Ingiborg in his airms, he jinkit roun Rognvald's men unner the reik. An rinnin tae the shore he tuik a wee boat an rowit hissel an Ingiborg tae Caithness the sam nicht. Raikin ower the aumers the neist morn, aabodie thocht Thorfinn wis deid. Sic wis the mettle o Orkney's michtie Jarl.

Hoobeit, it wis noo Rognvald's turn tae rule ower aa Orkney, an he bidit in Kirkwall wi graun plenishins, an commaundit tribute frae Caithness forbye. An fowk likit the open haundit weys o the Jarl an his kinglie bearin.

Yin nicht, aifter Yule, Rognvald wis sittin roun a muckle bleeze oan Papa Stronsay wi a smaa hird. He hid rowit ower tae fetch wud fir his ain haa hairth. An thae wir suppin yill an bakin bannocks whan the fermer o the hoose warnit the nicht's timmer wis near dune.

'Aye,' seys Jarl Rognvald, 'yit we hae leevit eneuch, gin the fire dees.' Noo whit he ettlit tae sey wis, 'we hae baikit eneuch, gin the fire dees.'

Naebodie daur spak.

'Weill, its a slip o tung,' seys Rognvald wi a slicht lauch. 'King Olaf gied sic a slip o tung afore his ain daith. Aiblins Uncle Thorfinn isnae deid aifter aa.'

Aince mair, aabodie wis quaet. An ootbye cam the soun o voices. The hoose wis encirclit an stoot timmers wedgit agin the yetts. Thorfinn lat the wummen an bondsmen oot, an gied commaund tae pit aa the free Vikings tae burnin. An he stuid ootbye exultin in his vengeaunce, whan in a whuff o reik, a man in a lang goun cam oot o the door. 'Lat thon priest awa,' seys Thorfinn. Bit the man pit his airm oan the stackit wud an loupit clear in yin boond an rin aff intae the daurk.

'Thon's nae priest,' cryit Thorkel Fosterer wha wis bi Thorfinn's side, 'its Rognvald winnin awa. Nae ither loon culd hae spangit sae hie.'

An Thorkel tuik his ain men tae scour the shore baith weys. An bi morn licht, thae heard a yap yappin amang the rocks. It wis Rognvald's wee dug tuckit snug in his gounie. An thae grippit the Jarl, an Thorkel pit him tae the sword oan the beach wioot mercie nor parlie. An bi richts Thorkel wis the ainlie man fir the deed, syne he laid his heid on Thorfinn's knee aforetimes an wis aithsworn tae oniething the Jarl desirit. An wi thon straik o his sword, Thorkel depairts frae the taill, aye mindit as yin wha gied twa Jarls o Orkney, Einar an Rognvald, thir daith blaws.

Neist, Thorfinn boardit Jarl Rognvald's ship, wi his shields reengit alang the gunwales, an sailit tae Kirkwall. An naebodie tuik tent, thinkin it wis Rognvald winnin hame. Sae Thorfinn killt the lave o Rognvald's hird, an amang thir nummer wir monie leal tae King Magnus. Tae rub saut in the wund, Thorfinn spairit yin man wha gingit back tae Norrowa wi the ill tidins.

Rognvald's corp wis conveyit tae Papa Westray an buriet, an fowk lamentit the daith of Orkney's maist giftit an kinglie Jarl.

Bit Thorfinn noo rulit the roust in Orkney, Caithness, Sootherland, Ross an the Hebrides. He wis pruvit the Michtie bi name an naitur. Yit the Jarl wis turnin auld. His bushie black broos wir hoarie, an he wis mair inclinit tae craft an wyle nor fechtin. An he bruidit in his ain thochts aboot King Magnus, gin he micht tak vengeaunce fir the daith o Rognvald an his ain leal men.

An the taill is near unwindit, yit nae aathegither dune. It turnis tae Norrowa yince mair. Magnus wis aithsworn tae tak vengeaunce, bit wis ower thrang treatin wi his Uncle Harald wha hid returnit frae Byzantium an wis rairin tae attack Svein Ulfsson, the new king o Danemaerk, ettlin tae bring anither kingdom unner his rod.

Magnus an Harald waur bidin at aunchor, whan a langship wioot shields nor ensigns cam glidin inate the havn. A wee boat pit oot an a man happit in a white robe an hude climbit oantae the King's ship, whaur Magnus wis takin breid an yill aneath an awnin.

An the strainger bouit afore raxin fir a piece o breid, brakin it frae the loaf. Magnus noddit in greetin an gied the man a cup.

'Lat us mak truce noo,' seys the white hudit man, 'syne wir shipmates.'

'Wha ur yi?' speirit Magnus, wunderin.

'Thorfinn.'

'Sigurdson?'

'Aye, Thorfinn the Michtie thae cry me in the west. An ayont the havn, Ah hae twentie twa weill fittit ships tae pact wi yi an Harald agin Svein. Ah'm pittin masel in yir hauns, an bide the ootcom.'

An the haill companie wis astoundit.

'Weill, Thorfinn,' reponit Magnus, aifter a pause, 'Ah neer thocht tae treat wi yi in sic a wey. Ah thocht contrair tae mak siccar gin we met yi wuldna pairt leevin. Bit its aneath ma staunin tae hae yi killt lik a bondsmen, sae rest at aunchor ootbye an we kin talk mair.'

Sae Magnus an Thorfinn consultit thegither aboot the hostin an voyage tae Danemerk. An the Jarl's warcraft an wyle wis weill receivit. An yin dey the twa waur aneath the awnin oan the King's ship quaffin yill, whan a buirdlie man wi a reid cloak cam aboord. An he bouit tae Magnus, bit spak tae Thorfinn.

'It's yersel, Thorfinn, Ah hae cam tae spak wi.'

'Whit ur yi tae me?' demandit the Jarl, ill pleisit.

'Dae yi intend tae pay a bluid price fir killin ma brither at Kirkwall?'

'Hae yi na heard tell, Thorfinn the Michtie disnae pey bluid siller fir men Ah hae killt wi guid cause.'

'Ah'm nae curious aboot yir custom, Thorfinn, jist requirin compensation oan accoont o ma brither's lyfe an the dishonour yi gied tae me. Gin King Magnus forgets an forgies thon's doun tae him, lang as its o nae concern that a mere Jarl micht lead oot his leal men an slauchter them lik sheip.'

'Ah ken yo noo,' seys Thorfinn, 'Ah lat yi ging free tae bring wurd hame.'

'Aye, yi micht hae killt me alang wi the ithers.'

'Monie's the snare fir unwarie fowk. Noo Ah'm peyin masel, syne bein ower lax.'

An Magnus wis sair affontit an turnin reid wi furie. 'Yi think tae hae killt ower few o ma aithmen, Thorfinn,' seys he, 'an nae fir the first time yi hae refusit the bluid price!'

Thorfinn didna bide the ootcome. He hurriet ower tae his ship wioot mair parlie. An the neist morn, whiles Magnus sailit fir Danemerk, Thorfinn skulkit in the lee o a ness, till the wey wis open, an he rin wi a guid heid wund fir Orkney.

The taill is windit noo, fir Magnus fell seik an deed in Danemark, leavin Harald Haurd Rod his uncle tae be king o Norrowa bi his ain richt. Bit thon's anither taill. Thorfinn rulit an raidit unmolestit, whiles nearin the hinnerend o his deys. Yit afore his daith, the Jarl voyagit faur an wis weill receivit bi kings an bi the Haly Roman Emperor. An sum sey he traivellit oan tae the Paip forbye tae mak his penaunce, an he wis gied absolution frae aa his monie ill-daeins.

Hoobeit, Thorfinn deed in Orkney, leavin his twa sons bi Ingiborg, Paul an Erlend, tae rule thegither. An the Jarl wis buriet in the graun Kirk o Christ whilk he biggit oan the Brough o Birsay, whaur the priests sang masses fir his saul.

Thorfinn is namit bi bards an sagamen as the maist Michtie Jarl o Orkney. Sae endis the taill o Rognvald an Thorfinn.

Thon wis itsel a michtie taill whilk Skald hid weavit, yit Prior Tammas wis disputacious.

'Thorfinn as yi tell it, Skald, wis a hero, bit in oor Chronicle he's namit ainlie as a waister, killin an enslaivin. Thon's nae Christian wark.'

'Nae priestis wark, Faither,' retortit Skald, 'bit Thorfinn deed a Christian wioot dout. An mind hoo he lat the gounit priest win free oan Papa Stronsay, forbye it wis Jarl Rognvald. Wisna thon Christian mercie?'

'Aiblins, aiblins. Sum sey Macbeth hissel gingit pilgrim tae Rome an caist gowd aboot him, yit he wis a murderer an aa,' soughit Tammas. 'The weys o the Lord kin be gey straunge times tae faithom.'

'Is thir nae forgieness in Haly Kirk?' speirs Skaldie, aa meik an mildlik.

'Ainlie gin the sinner amends thir weys, Skald. Whateer, Ahm obleegit fir yir taill, whilk knits thegither a wheen o rents in the Chronicle. We ken mair aboot Orkney noo, and the Hebrides an Norrowa.'

Skald inclinit his heid an receivit a pooch o coin.

'Mind, Faither, oor haill Orkney tellin readies a road fir haly Sanct Magnus.'

'Blissins oan his name,' pronooncit the Prior, wha signit a cross ower Skaldie an depairtit.

We waulkit doun the vennel tae the shore, whaur we fund the fishers glum an girnin aboot the waither. Twa deys noo wioot fish nor ferrie. Swepit oot o thir hooses, thae culna abide mair wund an weet, an crowdit intae the taivern. Skaldie wis a weilcum sicht.

'Gie us a taill, Skald.'

'Aye, man, it's a filthie dey ootbye. We hae neid o lauchin.'

'Awa an hoo yir heids.' Skaldie didna deign tae tak tent. 'Ma joug's tuim.'

'Gie the man a quart o yill, wull yi no!'

'Aye, unsteik his ticht-lippit wee gob.'

'Whit's yir taill the dey,' wheedlit Wullie, 'mak it a stoater wull yi no?'

An aabodie thocht the same wey, een the laddies unner the benches. Bit Skaldie wud ging his ain gait, yi maun be sure.

'Yull nae rest content, Ah jalouse, til yi hae mair wurd o Loki.'

'Aye, Loki, thon bad wee batsart. We maun hae wurd o Loki.'

ANDVARI'S RING

Loki, deceiver o the goads, sired thrie unnaitural bairnis oan a giantess, fir naebodie in Asgairth culd thole him near, aifter aa his spyin an leerin.

Yin wis the serpent o Midgairth whilk Odin plungit tae the deips o the sea, whaur Thor snaggit him bi the mooth till Hymir brak his line. Anither wis Hel, whae Odin caist inate the daurk warld aneath Migairth, whaur she tuik the deid in haun an feastit them oan peat an hunger.

The thrid bairn wis Fenris Wulf, whae stertit oot lik a cuddlie wee dug, an chyngit intae a slaiverin monster. Een the Norns waur frichit an forebodit Fenris wud be the daith o Odin hissel. Tyr alane, foster brither o Thor, culd haunle the wulf, feedin an bindin. Bit fir his truible, Fenris bit aff yin o his hauns.

The bairnis o Loki gang tae ither taillis, bit yi maun ken the trickie goad wis nae langer a muver o mischeif. Na, he ettlit tae turn aa thing tapselteerie. Abune aa he desirit havoc for Asgairth an Midgairth, til the hinner end o time micht cum wi Ragnarok.

Noo, aince Odin and Loki waur traivellin thegither in a faur glen. An thae sichtit an otter gnawin its prey, a muckle saulmon, bi a linn. An faster nor the mind's ee, Loki slingit a stane an killt the fine king otter. An he scoopit up baith for the nicht's mait.

Bit sune thae arrivit at the hoose o Reidmar the Wizard. 'Wur twa pair wanderers,' whinit Loki, 'bit we hae mait tae the fire,' an he poued oot the deid otter an the saulmon.

Reidmar kent the otter fir his ain beluvit bairn, wha tuik maist o his pleisur in fishin saulmon. An he cryit oan his ither sons tae seize Odin an Loki. Aa Reidmar's kin waur giftit wi airts o glamourie an it wis naethin tae them tae bind the twa goads.

'Noo yi maun dee,' seys the wizard, 'whit mainner o daith micht be the warst?'

'Bide a wee,' seys Loki, 'we culd pey bluid price fir yir laddie.'

Sae Reidmar tuik coonsel wi the bairnis left tae his name, an thae demandit eneuch gowd tae stuff fou thir brither otter's pelt. An it wis decidit tae send Loki fir the gowd, whiles Odin suld stey boond in Reidmar's gallas pit wi neither breid nor yill. An the sons skint the otter fir Loki tae meisur the gowd.

Noo Loki gaed strauchtweys tae the linn whaur he sichtit the otter afore, an he peerit ahint the watter, an spies Andvari the dwarf in shape o a pyke. An thir wis a glint o gowd aboot him.

Hoo tae grip the dwarvie? Sae Loki goat the len o a net frae Ran, Aegir's wumman, wha draiggit sailors unner the waves. An she gied it tae him fir yin dey, seyin, 'Yull mind weill oan this net in aiftertimes, Loki.'

An the goad flees back tae the faas, an snairit the pyke wha chyngit intae a dwarf.

'Bring oot yir treisur,' skraikit Loki, 'gin yi intend tae ging oan leevin.' Sae Andvari brocht oot his hoard o gowd an siller, yit shimmiet yin ring inate his ain haun, fir it wis a ring o pooer.

Bit Loki o the eagle ee wis nae tae be thwartit, an he caucht Andvari bi the baird, an snarlit, 'nae yin bauble kin yi hae.'

'Na,' pleidit the dwarf, 'gie me ainlie this wee ring.' He kenned the yin ring culd restore his haill hoard wi its pooer.

'Naethin daein, dwarfie,' insistit Loki.

'Aaricht, tak it gin yi maun, bit the ring wull maister yi, nae tither wey roun. It's accursit fir aabodie nae o oor kin, an aye returns tae the deip.' An Andvari chyngit back tae a pyke an dovit intae the pool aneath the linn.

Loki brocht aa the gowd tae Reidmar an his sons, an thae stuffit Andvari's hoard intae the otter pelt till it wis amaist fou. An Odin, lowsit oot o the pit, sees the glint o the ring an slippit in his finger oan the slee.

An Reidmar luikit ower the pelt. 'Na, na,' seys he, 'Ah kin see a hair in Otter's snouk. Gin it isnae fou stuffit, the bluid price is yit tae pey.'

Odin slippit aff the ring an pit it in Otter's neb, sae the hair wis happit. Bit Loki gied the curse o Andvari tae Otter, seyin, 'wi the ring gaes luist fir gowd, the soorce o ivrie wrang an neer endin grief.'

An sae it wis pruvit, fir the bairnis o Reidmar murderit thir faither tae tak the ring. An Sigurd the Volsung deed oan accoont o thon wee band o gowd. Bit thon's anither taill. Eneuch tae the dey, fir Loki wis weill pleasit pittin sic venom intae Midgairth, an brewin the havoc tae be whan Loki's bairns, aye an the ring forbye, micht bring the warlds o goads an men tae ruin.

An Skaldie wis dune, yit fowk didna ken whether tae lauch nor greit at sic a straunge tellin. Nae coin wis laid oan the boord. Sae thae luikit aroun an yin aifter anither scalit hame, wi rummblin bellies. Skald an masel waur bidin alane in the taivern.

> 'Ah likit Andvari's Ring.'
> 'Aye?'
> 'Ah kin mind taillis in ma heid, Skaldie.'
> 'Yi hae the makins o anither Skald.'
> 'Yit hoo did yi—'
> 'Scour yir lugs.'

WULL YI PEY ME FIR MA TAILL

Thir wis a laddie aince whae wis wud fir taillis, lik his bellie wis aye tuim. Gin thir wis craick roun the hairth, he hingit oan ivvrie wurd. Gin thir wis taill tellin ben the taivern, he drinkit mair nor yill. Gin thir wis a daith wake, he bididt till the laist taill wis tellt.

An a neibour seys tae the lad, 'Gin its taillis yir aifter, yi suld ging an veesit the auld man o the mountain.'

Sae the laddie climbit oot o the glen, an gaed an further gaed till he cam oan a wee, auld, stane bothie aside a gurlin burn. An he chappit oan the door.

'Cam awa ben.'

Sae in he gings, an the auld yin wis sittin bi the hairth, wi a hoarie heid, sun-kist broo an shairp blue een.

'Is it taillis yir wantin?' speirs the auld fella.

'Aye, Ah'm hungert fir taillis,' seys the lad.

Weill, the man o the mountain wis nae laith, an he telt yin taill chaisin anither till the laddie's heid wis burstin wi delicht. Neist it cam tae him bi the lowe o the peats that it wis daurk an time to get awa hame.

'Ah'm muckle obleegit,' seys the lad, 'bit Ah maun heid hame.'

'Nae bother,' seys the auld bodach, 'wull yi pey me fir ma taill?'

An the laddie wis dumfounert fir he hadnae twa fairthins tae run thegither an he hadna thocht. . .

'Aye, sae, Ah'll hae tae. . .' an he rummelt in his breiks.

'Na, na, lad, nae coin. Wull yi pey me fir ma taill?'

'Ah dinna—'
'Ach weill, Ah'll hae tae chynge yi intae a staig, fir a year an a dey.'

An in a whuff, the lad wis rinnin oan the hills, lowpin ower craigs an burns. Thon wis the free lyfe o naitur richt eneuch, chaisin hinds an ootrinnin dugs! Yit in nae time, in the blink o an ee, the lad wis back at the bothie door, an afore he micht chap, the auld man o the mountain cam oot an fixit oan him wi faurseein blue een.

'Aye, its yersel. Wull yi pey me fir ma taill?'

'A dinna ken. . . Ah hae. . .'

'Ach weill, Ah'll hae tae chynge yi intae a saulmon, fir a year an a dey.'

An in a whuff, the lad wis sweemin strang unner the watter. Thon wis weet leevin richt eneuch, an fell bracin, nae leist rinnin tae the sea, an lowpin back ower linns an rocks. Yit in nae time, in the blink o an ee, the lad wis back at the bothie door, an afore he micht chap, the auld man o the mountain cam oot an fixit oan him wi faurseein blue een.

'Aye, its yersel. Wull yi pey me fir ma taill?'

'A dinna ken. . . Ah hae. . .'

'Ach weill, Ah'll hae tae chynge yi intae a raven, fir a year an a dey.'

An in a whuff. The lad wis wheelin thre the lift. Thon wis hie leevin richt eneuch wi the haill laun laid oot ablow, an Raven saw aathing an kenned aathing whit wis tae the fore. An he swoopit doun tae raid an hairrie.

Noo, yin dey he lichtit oan the lum o a fermtoun tae draw a reik. It chauncit thir wis a waddin in the clachan. An twa auld bodachs sat oan bi the hairth takin drams an tellin taillis yin tae tither. Til bi the lowe o the peats thae kenned it wis late an time tae lowse.

'Wull yi pay me fir ma taill?' seys yin auld fella. 'Aye, wi guid hert,' seys tither, 'fir yir tellin lat Asgairth be yir dwellin.' An thae jynit hauns, an pairtit weill contentit.

'Noo', seys Raven, 'Ah hae gotten the suithfast wurd.'

An in the blink o an ee, the lad wis back at the bothie door, an afore he micht chap, the auld man o the mountain cam oot an fixit oan him wi faurseein blue een.

'Aye, its yersel. Yi hid best cam ben.'

An thae set doun bi the hairth.

'Wull yi pey me fir ma taill?' speirs the auld man an thir wis a wee glimmer in the blue een.

'Aye, wi guid hert, seys the lad, 'fir yir tellin lat Asgairth be yir dwellin.'

'Ah'm weill rewairdit noo,' seys the bodach, an thae jynit hauns an pairtit weill content.

'Noo yi ken,' seys Skaldie, an he gied me the haun wi yin haulf finger lackin. Ah skiffit the pairchlik skin an souchit the ring. An Ah rin awa hame, birlin wi wanchauncie thochts o Raven in the daurk.

SEIVEN

'GUID MORN TAE yi, Skald, an tae the laddie,' stertit Faither Tammas, richt cheerie.

'Whit's guid in the morn?' plainit Skald, 'we hae mair wund an weet.'

'Aye, sae we maun hae the haill taill o Sanct Magnus the dey.'

'As yi commaund, Faither, yit Ah thocht yi micht hae Sanct Magnus weill scribit in yir Cronicle.'

'Na, we hae divers tradeetions, bit we lack the pith o the maitter. We dinnae hae eneuch scrievins aboot Orkney, as yi weill ken.'

'Hoo a Norlaun Jarl turnit Christian Sanct?'

'The verra pynt.'

'Aye, weill, Ahm nae ower fond o Vikings wha turn priest, bit the sagamen hae the taill o Magnus, an Ah maun tell it as Ah wis gien it.'

An Skald fixit his ain faurseein ee oan me, gin he thocht Ah suld tak mensefou tent. Neist he blinkit, an luikit inbye tae snag the threid o his taill.

THE PEACE O JARL MAGNUS

Aifter Thorfinn deed, his sons Paul an Erlend rulit the haill o Orkney thegither. An thae baith gingit tae England wi Harald

Haurd Rod an focht at Stamford Brig agin the Saxon. Harald hissel wis killt wi monie o his kindred, bit the twa Jarls cam hame wioot hurt. An Paul hid a son, Haakon, whiles Erlend hid twa laddies, Magnus an Erling.

Noo Magnus wis quaet, aye ponderin an thinkin, bit frae the oot Haakon an Erling waur braggarts, ettlin tae be foremaist. An thir faithers keipit the peace atween thir sons bi dint o thir ain authoritie. Yit Haakon an Erling war rairin tae fecht lik wuddie roosters. Sae bye an bye, Orkney wis yince mair dividit atween twa Jarls an thir owerweenin laddies.

Aince Haakon wis awa raidin in Sweden an he heard aboot a suithseyer o the auld glamourie wha micht foretell yir weird. An thinkin o his ain destinie, he gingit tae tak the omens.

'Whit wey ur yi comin tae me,' seys the seer, 'whan yi claim tae be Christian?'

'Ahd as leif hae the wurd frae yirsel afore the priests,' reponit Haakon.

'Verra weill, gin yi pit traist in masel,' seys the man, 'yit nae aathing kythes. Ah jalouse yi maun be in the foremaist, an aifter a time yull haud the rod alane in Orkney. Bit yi micht be cause o illdaein whilk wull neer be atonit, nae bi the White Christ onieroads. An wurd o yir crime wull ging doun generations, makin yir name accursit. An the neist voyage yi mak tae Orkney wull be the stert o aa ma prophecies.'

'Ah dout,' retortit Haakon, nae weill pleasit, 'ma lyfe micht turn oot different frae yir seein.'

'Hae it yir ain wey,' seys the suithseyer, 'bit merk ma wurd, whit Ah hae foretauld wull cum tae pass.'

Sune Haakon returnit tae Norrowa, whaur he coonsellit the new king, Magnus Barefit, tae ging raidin in Orkney, voyagin oa tae the Hebrides, Ireland an England, jist as Jarl Thorfinn, Haakon's ain graunfaither, hid dune. An forbye Magnus wuld take vengeaunce fir Harald's daith in England. Yit in suith Haakon wis ettlin tae tak haud o Orkney.

An Magus wis naethin laith, yit he seys tae Haakon, 'Mind Ah'll pit aabodie unner the lik rod.'

This didna gree sae weill wi Haakon, yit he hid tae haud his wheesht. An Magnus Barefit set sail wi a michtie host, fir he wis hungert fir pooer an pelf. Bit makin launfaa in Orkney he sent Jarls Paul an Erlend awa tae be keipit in Norrowa, an pit his ain son Sigurd tae rule. Forbye, he tuik Haakon, Erling an Magnus Erlendson wi him tae the Hebrides, an tae Man, an een tae Wales. Sic ur the mainners o kings.

An Magnus raidit an hairriet an leviet tribute, an in the Menai Narras he focht a haurd fecht at sea wi twa Welsh Jarls. Bit yung Magnus refusit tae airm hissel, seyin, 'Ah hae nae dispute wi the Cymri.' An in place o fechtin he chauntit psaulms in fou sicht o the fae. An bye an bye, Barefit prevailit, killin Jarl Hugh the Prood wi an arra straucht tae his ee. Bit Magnus dovit intae the sea, an swims fir laun. An fir a wheen o years he bidit wi bishops an een wi Malcom King o Scots afore his ain kin.

Bit the taill turnis, syne the twa Jarls, Paul and Erlend, deed in Norrowa, whiles King Magnus wis killt in Ulster. An Haakon returnit tae tak the rule in Orkney, as the suithseyer foretauld. An than wioot warnin, Magnus cam hame tae claim his ain richt.

Noo Magnus wis weill receivit bi Orkney fowk fir he wis sune kenned tae be fair an open haundit, aye wullin tae gie an tak guid coonsel, rebuikin ill-daers, succourin the seik an puir. An he wis Erlend's son forbye.

Sae yince mair Orkney wis dividit atween twa Jarls, Haakon an Magnus. Yit thae defendit the Isles baith thegither, an keipit peace. Yit frae the oot, thir were things byordinar, nae cannie, aboot Magnus. He mairriet, bit didna lie wi his wumman. He wuld ging inbye the kirk tae pray an cam oot wi a shinin broo, gin he micht be an aingel frae heiven. He wis inclinit tae priests an bishops, an favourit bi haly chronicles.

Aifter a time, Haakon begoud tae resent the guid staunin o Magnus. Ill leevin an luckless men gaitherit roun Haakon, drippin venom intae his lug. 'Magnus is a baneless weaklin, nae fit tae rule ower Vikings. Lat him turn monk an yi kin rule Orkney bi yersel. Whit kin o laun gies the rod tae a priestlin?' An sae it gaed oan breidin envie an ill intent.

Sae Haakon devisit a dispute wi Magnus, an the hirds o the twa Jarls forgaitherit in Mainlaund. Bit the chief men o Orkney stude in the wey o a fecht, demaundin the twa tae treat yin wi tither an mak peace. Aiblins thae hae hid tholit eneuch o Jarls disputin.

Noo aa thae ongaens waur in the saison o Lent, an the Jarls pactit tae tryst oan Isle Egilsay afore Eastertide, an tak aiths o frienship. An ilka side wis tae bring nae mair nor twa ships tae the gaitherin.

Jarl Magnus wis voyagin tae Egilsay oan a sea smooth lik gless, whan a muckle wave brak an owerwhelmit the proo. 'Ah jalouse,' seys Magnus, 'thon wave forebodes ma daith. The seer's auld prophecie aboot Haakon micht be suith aifter aa, gin ma cousin pruves twa faicit. Fair forrad an lat it be as Goad hae ordainit.'

Suith tae tell, Haakon hid afore this, gaitherit ships an men. An he caad a feenish tae rulin Orkney bi haufs. Maitters atween hissel an Magnus maun be settlit. An Haakon's hird acclaimit him the yin Jarl o Orkney.

Magnus laundit oan Egilsay an luikin oot he spyit echt ships o Haakon's sailin inbye. An the hird o Magnus aithswair tae defend him tae the daith, bit he wuldna permit onie fechtin in sic a haly time. Raither, he sang the Mass an prayit tae Goad tae gie him his freidom.

Sae Haakon's men tuik haud o Magnus whiles bouit in prayer.

'Yi hae forsworn yersel, cousin,' repruivit Magnus, 'yit aiblins the faut rests in ither hauns. Oniewey, whiles Ahm weill prepairit tae dee, Ah'll gie yi thrie chaunces tae jouk the sin o murderin an innocent. Lat me depairt oan pilgrimage tae Rome whaur Ah kin mak penaunce fir baith oor sauls.'

Haakon refusit.

'Hae me boond an gairdit bi oor friens in Scotland, neer tae be lowsit.'

Haakon refusit.

'Ah hae yin mair offer, Haakon, tae avert yir mortal peril. Defyle ma bodie bi the sword, tak oot ma een, an bar me frae the sicht o the leevin till the dey o ma daith.'

'Whit fir nae?' seys Haakon. Bit his hird wuldna thole twa leevin Jarls. 'We maun hae a daith oan Egilsay,' thae snarlit lik dugs slaiverin oan the leish.

'Aye. Weill, better him nor me,' seys Haakon, 'fir Ahm a Jarl bi naitur, an he's bit a priest.'

An the parleyin wis dune. Magnus kneilit yince mair. Haakon commaundit Ofing his standart bearer tae tak aff the Jarl's heid. Bit he wuldna tak the shame nor the sin oan hissel. Sae Haakon tellt Lifolf the Cook tae kill Magnus. Bit Lifolf stertit tae greit an lament at sic a dealin.

'Dinna greit, Lifolf,' seys Magnus, 'the man who gies ma daith blaw wull be famit fir monie generations. Forbye, bi custom, yi wull hae ma claes. The man wha gied the commaund cairries the sin, nae the cook wha daes his maister's biddin.'

An Magnus strippit aff his tunic an gied it tae Lifolf, an forgien aa his faes, he bairit his heid, an offerit hissel lik a haly sacrifice oan the altar.

'Noo, Lifolf, staun straucht afore me. Straik haurd tae ma broo. Its nae fittin fir a Jarl tae be beheidit like an ill-daer. An Goad gie yi mercie.'

Sae Magnus crossit ower frae Isle Egilsay tae Heiven. An the grund whilk drank his bluid springit grune wi moss an cress. The corp o the Jarl wis born tae Birsay an buriet in Christis Kirk aside his graunfaither Thorfinn. An sune aifter the buryin, a bricht shinin licht kythit frae the tomb o Magnus, an fowk cam frae Orkney and Shetland tae keip vigil. Thir sauls waur scourit an thir bodies restorit frae aa ailments an mutilations tae guid heal. An sae the Peace o Jarl Magnus wis fulfillit.

The Prior wis beamin lug ta lug an the pooch clinkit lik a mass bell whan he gied it ower the boord. Skaldie raisit his haun tae sign bit thocht better o it, slippin the coin awa insteid.

Doun the vennel we cam weill content wi the morn's wark, whan a muckle skraikin an screechin sounit frae the fit o the waulk.

'Whit's the maitter, Skaldie?'

He hirplit awa ona his gammie leg wi me ahint. An we breengit intae a stramash ootside the taivern.

'Yull hie hame richt oo, nor yull git the wecht o ma haun, yi waitstrel.'

A gaiggle o wuddie wummen wir draiggin thir men oot o the taivern yin bi yin, an gien them a sair drubbin.

'Bit yi tellt me tae gae awa oot frae unner yir fit.'

'Aye bit nae fir twa deys, yi gowk,' seys yin wumman.

'Aye, an we hae nae coin gin yi thraw it doun yir thraipple,' screichit anither.

'Bide a wee,' seys Skaldie richt joco, 'Ah hae siller fir the yill.' An he poued oot yin o his clinkin pooches. 'Aye, an mair fir the meal kist forbye,' an he poued oot anither, 'leistweys til the braw fishers kin pit tae sea.'

The claitter subsidit an the wummen luikit aboot theirsels, mair biddable lik.

'Sae, guid wummen,' soothit Skaldie perceivin the wund wis noo blawin his wey, 'gin yir wullin, yir richt weilcum ben tae tak a wee tait o yill nor a drap o hinnie mead fir the hie born amang yirsels.'

Weill noo thir wis a cluckin an cooin, while the wyfies smoothit doun thir pinnies an shawlies, bobbin an doukin, gin thae micht be coort leddies attendin a Queen. An Skaldie hissel herdit the haill gaiggle intae the Taivern, an pit coin tae the boord.

The wummen set theirsels doun oan the benches whiles thir men gawkit at the sicht lik a floonder wha jist tuik the bait. Bit sune thae wir suppin frae thir jougs, weill content tae hae joukit sic a duntin at the hauns o thir waddit wyfis. In nae time the haill tuilzie wis gane oot o thir heids, an cheerie blethers an wee jestis gaed roun the companie. Mair drink wis taen forbye. Skaldie regairdit the taivern frae his ain chair bi the hairth, wi a hauf grin hauf grimace twistin his raggitie face ajee. Bit Ah kenned he wis intendin a taill.

'Weill, friens,' he sterts, 'aiblins yi micht tak pleisur in an auld taill?'

'Aye, gie us thon evil wee bastart Loki,' seys Wullie, bit afore Skaldie culd spak, a buirdlie wyfie gies hir man Wullie sic a clout tae the lug he wis laid oot oan a bench wi his heid birlin.

'Na, na, richt eneuch we hae the leddies amang us the nicht,' purlit Skaldie, 'whae dinnae lik tae be affrontit. We maun be mair genteel lik. Aye, we maun hae a taill o luve an glamourie an aiblins daith.'

An Skaldie gentlit his ain voice law an saft, amaist croonin the wurds. Whit wis he aifter the nicht? Thae wummen wir feedin oot o his haun lik cooin doos.

THE DAITH O BALDUR

Aince thir wis peace ower the haill yird. Asgairth an Midgairth waur fou o gamyn an glee, while the giants o Ootgairth bidit content amang thir ain kin. An in thon deys naebodie shinit mair bricht nor Baldur. Baldur the bonnie, beluvit Baldur, son o Odin an Frigg. Noo he wis mairriet oan Nonna the gowden, an whan thae waulkit oot theigither oan the machairs o Asgairth aabodie wunnert at the sicht.

Baldur hid a brither, Hothur, wha wis blin, an aftimes dowie, dwallin alane in the daurk. Bit Hothur an Baldur wir leal yin tae the ither, an Baldur wuld tak his brither oot in Asgairth, the shinin goad wi a shadda laiggin ahint.

Baldur's haa in Asgairth wis biggit in siller oan gowden pillars. Aa the goads waur gleg tae feast inbye wi Baldur an Nonna. An in Midgairth fowk blissit Baldur syne he gied them the lore o herbis an healin. Forbye he kenned the runes, faurseein the weirds o men, whiles his ain he culdna discern. An times a daurk wis caist ower his hert.

'Ah jalouse sum kin o daunger aheid,' seys Baldur tae Odin an Frigg, 'yit Ah canna see onie daith-bringer.'

An Odin wis truiblit in his spreit, bit Frigg boond aa leevin things bi an aith, sae thae wuldna hairm Baldur.

An the goads tuik comfort frae sic a wardin, an thae begoud tae jest aboot hoo thae culdna hairm the shinin yin. It turnit whiles intae a gemme o 'wha kin hurt Baldur?'. Tyr strikes Baldur wi his sword an the blade bouncit back. Thor pitchit his haimmer, bit it lowpit back intae the air wioot wreakin onie hairm. Thae lowsit arras an stanes, aa tae nae ill effect.

Noo Loki wis foremaist in conceivin hurts – a dirk dippit in venom, a wulf's fang. Fir in suith he wis thwartit, near choakit wi envie an hatred. Aabodie luvit Baldur, sae Loki wis consumit wi hoo he micht kill the gowden laddie.

Yin dey, Frigg wis spinnin threid in hir haa, fou of joy thit Baldur wis sauf, whan an auld wumman cam ben tae the hairth.

'Whit news, auld yin?' seys Frigg, gien the wumman a stool an sum yill.

'Nae news, yit neither aix nor stane micht hairm Baldur.'

'An nae wappen forbye, naethin leevin oan yird nor watter micht wund ma beluvit son, Baldur.'

'Een grune plaunts an flooers canna hairm the laddie.'

'Aathing wi ruits in the grund.'

'Ah wis cumin thru the wud,' seys the auld biddie, 'an a chauncit oan a michtie aik an oan the braunches wis mistletae whilk his nae ruit in the grund.'

'Ach, Ah didnae tak an aith frae mistletae,' lauchit Frigg, 'its ower wee tae cause hairm.'

The auld yin suppit hir yill an hirplit awa. Ayont Frigg's haa she chyngit hersel back tae Loki. An the goad rins tae the wud an gaitherit sprigs o mistletae.

An he cam tae Asgairth whaur the goads waur ootbye, hurlin sticks an stanes at Baldur fir pleisur. Bit Hothur tuik nae pairt in the gemme, restin agin the trunk o a tree.

'Wull yi no caist a spear at Baldur, yir brither?' speirit Loki.

'Ah cannae see him tae thraw,' seys Hothur, 'an onieroads Ah hae nae waippen.'

'Dinna fash,' soothit Loki, 'tak this wee dairt o mistletae frae the wud, an Ah'll steir yir airm. Nae ither goad thocht tae caist sic a thing, an thae wull applaud yir pairt in thir pleisur, nae leist Baldur hissel.'

Sae Hothur tuik the dairt, an Loki steirit his airm. An the shairp thorn of the mistletae piercit straucht tae Baldur's hert, an he fell doun deid.

Aabodie gawpit. Thae wir dumstruik wi shock an dreid.

Thon wis the warst mischauncin tae eer befaa goads nor men. An whan the wave o sorra brak ower thir heids, neer wis sic lamentin an keenin afore nor syne.

Bit the maist bitter portion wis ben Frigg's hert. 'Wha,' she pleidit, 'wull ride tae Hel an bring back ma beluvit son?'

An Heimdall the Herald wis wullin, an he crossit tae the laun o shaddas, whaur Hel, Leddie o Daith, tellt him Baldur micht return gin aathing deid an leevin grat fir the shinin yin's daith.'

Heimdall raicit back weill pleisit wi the pledge o Hel. Neist he reengit oot ower the yird tae gie aabodie the siccar wurd. An yin dey he cam tae a weem whaur a muckle ugsome giantess wis alane bi hir hairth.

'Hae yi grat fir Baldur?' speirit Heimdall, 'an hae yi heard tell o the wurd o Hel?'

'Whit worth hae Ah tae Baldur, nor Baldur tae me?' seys the ugsome craitur wha wis cryit Thokk. 'Ah hae nae grief in ma hert an nae tearis in ma een, gin Ah suld greit.'

'Ah beg o yi,' pleidit Heimdall, 'weip fir Baldur leist he neer sees bricht Asgairth mair.'

An Thokk lauchit in his face.

Sae Heimdall gaes back waefu tae Asgairth whaur he tellt Odin the ill tidins.

'Aye,' soughit Odin, 'whit the Norns wulnda tell is whit Ah maist dreid. Thon ugsome wumman wis Loki guisit. His black hert maks oor sorra. Ainlie the luve o wumman kin haud evil awa. Wioot sic luve we maun aa gang doun tae daith.'

An in the taivern, aabodie, men an wummen, wir noo greitin an sabbit lik bairnis wha loast thir sweeties.

'Wae, oh wae.'

'Ma hert's fell sair.'

'Ah culdna bit greit fir bonnie Baldur.'

Skaldie signit fir mair yill an mead. 'Tak comfort, friens, in a luvin cup. Raise herts an droun sorra!'

An the fowk drank, an cuddlit an grat lang aifter Skald wis gane awa intae the duark nicht ootbye, leavin his taill ahint tae mell an simmer.

ECHT

'AH HAE FUND this scrievit in the Chronicle o Pittenweem.'
Prior Tammas noddit tae the scribes. 'It taks up whaur yir taill
o Jarl Magnus cam tae a feenish. Its scrievit in Latin, bit Brither
Angus kin owersett intae Scots.'

Skald inclinit, gin he wis ettlin tae pey fou heed. Yin o the
brithers stertit tae recite gin he wis readin frae the pairchment.

THE MIRACLES O MAGNUS

Bishop William wis alane in Christis Kirk oan Birsay. An he
risit frae his devotiouns tae fin he culdna see his wey tae the
door, syne he wis blindit.

Sae, prayin at the tomb o Haly Sanct Magnus, the Bishop
vowit tae muve the banes an relics o Magnus tae Kirkwall. An
in a blink his sicht wis restorit.

Whan the bishop's men stertit tae dig the tomb, ettlin tae
fulfil the aith, thae fund the coffin neist the tap o the grund,
gin it hid been risin oan its ain accord. An whan thae openit
the coffin, the Sanct's banes waur shinin lik siller. An amang
them wis the skull o Magnus, fell cleavit in the broo bi a straik
o the aix.

Oan Sanct Lucy's Dey, thae relics waur yince mair enshrinit, bit ahint the hie altar at Kirkwall. An in this haly place, the miracles o Sanct Magnus waxit bi nummer an fame. Pilgrims war cumin frae faur an near fir his succour in seikness an truible.

An aiftertimes Jarl Rognvald o Orkney commaundit the biggin o a muckle new Minster Kirk at Kirkwall dedicait tae his ain uncle, Magnus. An he treatit wi the fermers tae buy thir grund wi yin siller merk tae ilka ploolaun. An the coin wis pit tae bigg the Cathedral, whiles the fermers waur weill pleisit tae pass thir grund doun the generations.

An tae this dey Sanct Magnus lies in honour tae the glorie o Goad in Heiven an oan the Yird. Amen.

Brither Angus wis dune.

'Weill, is thon nae a fittin end tae the record?' seys the Prior, rubbin his hauns wi delicht.

'Aye, Faither, it's haly richt eneuch, gin it wis the feenish,' reponit Skaldie.

'Whit's mair tae scrieve, Skald man?'

'Hae yi nae the taill o Jarl Rognvald, wha biggit the Minster Kirk?'

The Prior luikit roun tae the the scribes.

'Na, thon's aa we hae aboot this ither Rognvald. In suith, we hae ower monie Jarls.'

'Ah bit, Faither, this yin gaed tae Jerusalem, nae jist Rome.'

'Yir aye yin step aheid o me, Skald, Ah canna credit the hauf o it. Yit we maun hae the taill o this crusaidin Jarl. Ah wuld be muckle obleegit yae yi.'

An he signit fir the scribes tae tak up thir quills an ithers tae fetch yill fir Skaldie's thraipple.

Sae Skaldie draws braith an lowsit his new taill.

THE VOYAGES O JARL ROGNVALD

Jarl Rognvald rulit in Orkney bi richt o his mither Gunnhild, dochter o Jarl Erlend an graundochter o Thorfinn. Bit in monie regairds, the Jarl wis anither lik tae the fomer Rognvald, son o Brusi an graunbairn o Sigurd the Stoot. In him aa the Jarls cam thegither. Hoobeit, Rognvald hid tae fecht fir his share o Orkney wi Jarl Paul and the kin of Thorfinn Michtie, bit thon's anither taill.

This taill turnis tae the traivels o Rognvald fir he brocht fame tae Orkney. Nae Viking wis sae faur ryngit, forbye Erik the Reid wha voyagit tae Grunelaund an Vinlaund, an Harald Haurd Rod wha gaed tae Rus an Byzantium.

It wis Yuletide whan Jarl Rognvald annooncit he wuld ging tae the Haly Laun itsel, and Bishop William pledgit tae ging alang wi him as coonsellor an owersetter o tungs. Haly Kirk, he avowit, wuld think weill o Vikings makin pilgrimage in penaunce oan accoont o thir sins.

Aifter twa year o reddin up, Rognvald sailit tae Norrowa whaur a hantle o the chief men jynit his voyage. Sae thir wir fifteen ships, wi Rognvald's foremaist. It hid thirty-five rowin benches an a reid draigon proo inlaid wi gowd. An amang the Jarl's hird waur Erling Wryneck, as he wis namit aiftertimes, Jon Foot, Armod the Bard an Endrid the Sapling wha pruvit tae be a thorn in Rognvald's fit. Endrid wis unrulie an aye mindin his ain advauntage.

An thae voyagit sooth bi England tae Fraunce wioot mischaunce, an cam tae Narbonne, a richt weill daein toun wi a thrangit havn an a strang caistle abune. The spik o the place wis aboot thir heid man, Germanus, wha wis nae lang deid, bequeathin aa his guids an richts tae his ainlie dochter, Ermingaird. An she wis cryit Queen whiles rulin bi the coonsel o hir hieborn kinsmen.

Mair tae the taill, Ermingaird wis fell bonnie, and whan wurd cam tae hir lugs o the fineset Jarl wha hid sailit intae the haivn wi rowth o ships, she maun hae him strauchtweys attendin at the caistle. An Rognvald hissel wis gleg tae mak a guid shawin.

Noo we ken this Jarl favourit the Rognvald wha cam afore in Orkney, fir he wis buirdlie, prood bi naitur, endowit wi kinglie beauitie, an refinit in speich an mainner. Sae whan the Jarl enterit Ermingaird's haa in fou array, wi his hird aboot him, ilka ee gaed straucht tae Rognvald, nae leist the Queen's.

An thae settlit tae coortlie bobbins an cooins. Till yin time the Jarl wis restin ben his ain chaumer, an Ermingaird enterit wi a gaiggle o coort leddies. Gingin doun oan yin knee, she gied Rognvald a gowden bowl, inscribit lik a chalice. An he raisit the Queen up bi the haun an set hir oan his ain knee. An she lat hir hair tummle unlowsit aroun Rognvald, whiles hir leddies gentlit the twa wi luitis an clairsach, lik tae a purlin burn. An thae fund fouth o sweit pleisantries tae spak yin tae tither thru a lang aifternoon.

Noo Rognvald, bein hissel a bard, makit a verse aboot this dey whan the Norns waur smilin oan his guid luck.

Ah sweir, luvin sweithert,
Tae haud an hug ticht;
Yi bring lithsom delicht,
Gowden-lockit lass.
Fell hungert the gled
Wi crimson grip ticht,
Veilit bi hair's wecht
Pecks ma gleg haun.

Noo the Queen's kinsmen hintit the Jarl micht bide an mairrie oan Ermingaird. Bit Rognvald wis aithsworn tae mak the voyage. Bit he pledgit tae return tae Narbonne, gin thae micht wark aathing tae the pleisur o baith pairties.

Oan a dowie dey o clood, the Vikings pit tae sea yince mair, wi a fair wund in thir claith. An Rognvald makit this verse.

In Jarl Rognvald's lug
Souns Ermingaird's braith,
Coaxin his return
Ower watter frae Jordan.
Whan sea-riders race,
Draigon proo foremaist,
Steirin us norward,
Starn guidit tae Narbonne.

Bit Armod the bard wisnae tae be ootdune, sae he makit anither verse.

Ah dreid facin fate
Awa frae Ermingaird.
Monie wuld mak match,
Gin he micht win worth
O sic braw beautie.
Ah wuld be hir bed mate,
Gin yin glaidsum time
Lyfe's mischaunce gamit.

Faither Tammas cluickit an tuttit lik a broodie hen shooit frae hir eggs. Whit kin o pilgrimage wis thon wi Jarl Rognvald affrontit bi his bard, whiles makin luistie pley fir a Christian Queen? Brither Angus, wha neer spak a wurd, bluishit bricht reid frae the fit o his neck tae the rim o his lugs. Skaldie gied nae heed.

An Rognvald sailit oan tae Galicia whaur he focht wi Lord Godfrey an tuik muckle plunner. Yit Endrid Sapling treatit wi Godfrey and lat him gang free. Neist, Rognvald raidit doun the shore o Spain. 'Yi maun unnerstaun,' he seys wi a warie ee oan Bishop William, 'thae launs ur in the grip o the haithen Saracen.' Bit the Bishop luikit itherweys.

Sune a michtie storm onset, an wi strang heidwunds thae gaed thru the straits intae the inlaun sea, whaur the blaw subsidit an thir wis a wanchauncie cauld oan the watter. Bit whan the sun risit, haar cam aroun them, an nae launmerks kythit, forbye yince a glisk o hie bens whilk thae jalousit micht be the Isle o Sardinia.

Aifter a time, the sea warmit wi the sun and the haar dispersit, an loomin aheid waur twa Isles. Bit na, thae waur giant mairchantmen, cryit dromonds, whilk pliet atween Africa an Europe. Sic waur thir laidins, naebodie micht dream o the treisurs tae haun.

Sae Jarl Rognvald convenit a Thing tae tak coonsel o his hird. An he stertit wi the Bishop.

'Lord Bishop,' seys he, 'whit kin o guile micht win us yin o thae ships?'

'Aye,' reponit William, pittin the bishop tae yin side, 'it's nae a straucht road. She's ower hie tae cam alangside an graipple. We micht thraw aixes tae the gunwale, bit the haithen culd poor bilin pitch an fierie sulphur oan yi an burn oor ships.'

Erling wis neist tae gie coonsel.

'The Bishop's nae faur wrang,' sterts Erling, 'yit aiblins we micht cam in braidside ticht unner the gunwales sae thir waippens faa ayont intae the watter, while we kin brak thru the unner decks wi oor aixes, an fecht haun tae haun inbye. Thae wull nae be expectin thon kin o unnerhaun assailin.'

An the Jarl wis weill pleisit wi Erling's craift, an he commaundit the haill hird tae airm. Thae rowit aifter the dromonds an singlit oot the hinnermaist, lik a pack o sea wulfs. An, as Erling advisit, thae drave in haurd unner the gunwales, an the haithen poored doun bilin pitch an sulphur oan thir heids bit it owershot, an oan Rognvald's wurd thae hackit thru the timmers oan yin side, whiles oan tother Erling's men grippit the aunchor chains an swingin in struik the timmers wi michtie blaws.

An aifter thae bruistit in, the fell fecht stertit oan the unnerdecks whilk waur slidderie wi shit an gore. The saracens gaed doun tae daith whiles the normen tuik monie hurts. Til at the feenish Rognvald an Erling cam thegither in the midmaist an turnit fir the proo step bi bluidie step. Sum haithen lowpit intae the sea, whiles ithers impalit theirsels oan thir ain scymitars. Bit Erling tuik haud o the commaunder afore he micht dae hissel hairm. An sum sey Erling wis aiftertimes cryit Wryneck syne he twistit hissel luikin up at the dromond.

Hoobeit, maist o the ship's laidin wis ballast. An thae grippit the chief tae pynt oot whaur the siller wis frae the trade. Bit the muckle black moor wuldna yield yin wurd o it. Sae Rognvald pit the dromond tae the burnin, an whiles thae glouerit at the bleezin hull drifin awa, thir wis a stream o molten gowd poorin intae the sea.

Bit Rognvald wuldna permit hairm tae the moor oan account o his stoot hert, an thae tuik him tae a havn. An the moor, wha wis black lik ebonie, seys tae the Jarl, 'It wis ill chaunce tae sink ma boat an sic treisur wi in it forbye. Ahm the chief o this havn, yit ye gied me ma lyfe, sae in turn Ah wull lat yi ging free. Nanetheless, Ah hope neer tae see yi mair in this warld. Fareweill.'

Jarl Rognvald wis noo fair set fir the Haly Laun, an aifter replenishin in Crete, he cam tae Acre. Thir wis pest in Acre an monie o the crewmen deed. Bit Rognvald traivellit oan tae see the haly places, an washit hissel in the River Jordan. Whan he cam near Jerusalem, the Jarl makit a verse.

> A siller cross bornit
> Oan the bard's breist,
> A palm braunch

Oan his bouit back.
Jarl turnis pilgrim,
Peacefou he paces
Up tae Jersusalem,
Hill o the Skull,
Tuim the sepulchre.

An aathing fulfillit, as the Jarl intendit frae the stert, thae depairtit frae the laun o the White Christ tae Constantinople, whaur the Emperor Manuel gied them guid weilcum an sowit his gowd wi open haun, gin the normen micht jyne his gaird. An Endrid Sapling avowit tae bide. Bit aifter a winter's feastin, Rognvald gaed forrad tae Italie, an disembarkin he an his hird tuik horse an traivellit tae Rome.

An neist he gaed oan the pilgrim wey ower the Ailps back tae Danemark an Norrowa, till at the verra hinmaist thae cam tae Orkney oan Yuill Eve. An aa Orkney an Shetland wir glaidsum tae see thir ain famit Jarl hame fou o taillis an honour.

Yit this taill tells nae mair o Rognvald nor his daith, nor o Ermingaird wha wis left tae hir ain devisins in fair Narbonne. It is the pilgrim saga o the Jarl's voyage an returnin. The taill is unwindit.

'The Viking Jarl turnit pilgrim,' musit Prior Tammas. 'Monie's the man his daen waur. Ah jalouse, it's a fine taill tae pit in the Chronicle, forbye the verses. An the Minster o Magnus stauns hie the dey an, wi the blissin o Goad, in times tae cum.'

'Suit yersel, Faither, yit it's the saga o a makar wha maks his ain guid name, an Ah maun tell it, gin ainlie tae spak the Jarl's verses.'

'Weill, Skald, its a caulmer dey ootbye, an yi maun catch the tide fir oor ain pilgrims, whae dinna bide in Constantinople nor Jerusalam. Yit we hae weilcumit sum whae traivellit frae Compostella an restit here oan thir wey tae Sanct Andrews.'

'Richt eneuch, we hid tae burie yin oan the May, an Cyril pit a cockle shell in his mou.'

'Tae keip his saul companie tae heiven, Skald.'

'Aye, Ah'll be blythe tae ferrie the pilgrims yince mair,' noddit Skaldie, receivin the Prior's wee pooch, whiles coontin oan coin nae shells.

Ayont the Priorie yetts, we culd see the firth bi a raven's ee. White horses were rinnin afore a warm west wund. A puckle o cloods chaisit thru a blue lift. Anither dey aathegither. 'Aye, west road,' wis aa Skald hid tae sey oan the maitter.

Twelve pilgrims waur ben the weem bidin oan oor ferrie.

'Blissit be Mither Mary, Bride an the haly aingels,' croonit Bridie, 'we culdna hae tholit anither dey o daurk an weet.'

The companie gaed doun the Vennel aifter Skaldie, and waur set baith sides o oor Fairin the Gannet, wi the oar laddies neist the yaird airm an the Ferrie bi the tiller. Neer a wurd he spak tae the pilgrims, whiles mutterin awa tae hissel, an luikin mair tae us, gin ettlin tae mak sailors oot o twa shilpit laddies.

'West wund, nae dout. We maun ging roun tae the faur noust. Noo, laddie yi ken hoo tae pit oot, clear o the waa, ootbye tae tak the swell. Its rinnin wi us sae yi kin gie hir the claith. Nae oars tae pou the dey, nae yit onieroads.'

An richt eneuch, sune as we win clear o the havn, the sail belliet oot, an we culd feel the boatie liftin hersel unner us.

We rin ower the tap o thon white waves, gin thae didna hae dips atween.

Skald wis peirin aheid, neglectin onie merk forbye the May hersel. The Isle wis thrang wi screichin gannets an gulls, swoopin thru the breeze wioot flappin a wing.

'Noo, laddies,' brak in Skaldie, 'gie hir the beam athwart the wund. Na, na, grip the yaird. Haud, haud, yi idjeets, nae ower sudden leist yi pitch hir ower. Lowse the beam bit bi bit, til we tak the fou swall wioot thon judderin.'

The boat lippens tae the tillie. Up an doun she gaes, sluggish oan the turn, and we waur muvin the yaird airm wi hir. The pilgrims waur haudin ticht tae bench an gunwale, prayin thae wuldna boak. Bit the Gannet wis aheid o us oan the rise. She begoud tae sclim mair lichtlie ower the taps yince mair, an gaither pace.

Skald wis weill pleasit, settin oor coorse east bi nor east tae roun the May ayont onie reifs. Bit Ah kenned tae keip gaird fir we maun tack sune intae the lee, gin she micht fin the nor havn. Ah hadna lang tae bide.

'Richt, laddies, noo! Tak in the claith, an haurd roun.' We swingit the yaird airm. 'Douk, douk yi gowks, she's cryit skullsplitter wi guid cause.'

The pilgrims scramblit, the boatie heilit lik a mare oan hir hinner legs, an Ah wis clingin tae hir mane. The proo liftit hie, an Gannet dove doun the swall, an cam back up wioot a trummle.

'Tak the oars,' seys Skaldie, reengin aheid fir the merks. 'See, Kettil's Neb. Thon's a twistie wee voe bit wi a snug noust.

We hae guid sicht o it the dey. Neer ging inbye thru a haar. Pou thae oars, its nae broth yir stirrin.'

Ah pouit wi aa ma virr, syne Ah culd see thon fangit rocks aheid. Nae mercie gien fir onie boat sma nor muckle whilk mistuik the merks, an rin ontae the reifs. Bit skeilie wis the Ferrie, an he nasit the Gannet intae the voe, mindin baith sides, an he beachit hir sauf an soun bi the noust.

'Goad is waukrife fir yi the dey,' pronooncit Skald, and the pair bodies crossit theirsels wi relief, afore sclimmin oot theirsels an heidin whaur Skald pyntit oot a path ower the druim.

Ah sat tae ma piece wi Skaldie, richt contentit. He tuik sum crowdie wi a bannock, an lat me sook frae his skin o yill.

'Jarl Rognvald,' Ah seys, 'He aye pit intae havn fir the Yuill feastin.'

'Aye, laddie, yi hae the richts o it. Bit wir scraipin the meal kist fir Prior Tammas noo.'

'Whit wey?'

'Nae mair tae tell, Viking weys ur amaist dune.'

'No the taillis!'

'Ah dinna ken. Fowk dinna mind, an onieroads thae scrievit Chronicles dinna ettle tae tell oor taillis.'

The ravens mind, Skaldie, oan Odin's shoudders.'

He peirit intae the fire, gin he micht stert a taill.

'Ah see anither voyage, Laddie. Aiblins yin last sailin.'

Bit thir wis nae mair. Neer anither wurd he spak till the pilgrims cam doun tae the voe, chitterin lik speugies aboot thir prayers tae Sanct Ethernan and thir offerins at the Wal o Oor Leddie o the Martyrs.

It wis a short road hame roun the nor side o the May, whaur the seals wir sunnin theirsels oan the rock in lee o the wund. We cam intae the breeze sooth o Fife Ness an warkit the oars tae a steidie beat. An the pilgrims chauntit verses aboot the bluid o Ethernan scourin thir sauls.

An een Skaldie gied oot a wee oarsang.

> Heave awa, heave awa,
> The havn's in sicht.
> Tak in the claith
> An cleik the yaird airm.
> Yill's in the taivern
> An fish tae the bile.
> The havn's in sicht,
> Heave awa, heave awa.

An he lat us nase in wirsels roun the Sanct's waa, an grund sauf an soun oan the saunds.

Bit Skald wisna peyin onie tent. Hie wis luikin tae the shore an Ah trackit his ee tae a straunge figure o a wumman, staunin wi a lang cloak and hair lowsit in the wund wi hir face oot tae the May.

Bit na, thon wis Bridie. Ah gaed racin up the saunds. 'Whit's wrang, Grannie?'

'Its the Rymour's wurd, bairn. A muckle storm's comin tae Scotland, an the dey dawnit fair wioot oor kennin.'

Skaldie hirplit up an she tuik his airm. 'It's the King. He tumblit ower the craig at Kinghorn yestreen. Yi maun ging tae the Priorie, Skald. Faither Tammas neids yi tae tak wurd oan tae Sanct Andrews.'

'King Alexander's deid.' Bridie crossit hersel.

'We'll hae tae fetch the Maid hame frae Norrowa,' seys Skald.

'Ah dinna unnerstaun!'

'The King his nae bairns, lad, jist a wee graundochter ower the gurlie waves. Ah see daurk times, daurk deys, aheid o us, awa wi peace an plentie, gamyn an glee. Pit yir haun tae the laddie's shoudder, Skald, an rax tae the Priorie strauchtweys.'

Yaisin me lik a crutch. Skald hirplit up the Vennel, bit whan we cam tae the yetts, huives waur claitterin oot o the causie. The horses o the coort messengers gaed afore us.

Prior Tammas rin ower, pechin lik a windit coo.

'He culdna haud awa, Skald. Aabodie telt him no tae tent the crossin, bit he wis gleg fir his ain bed in Fife an his new Queen. Thae wir sauf ower the firth tae Inverkeithin, bit he maun ride lik the deil. Tumblit the craig at Kinghorn, deid at the fit. Waefu tidins, waefu tidins tae a kingless laun.'

'We maun fetch hame the Maid, Faither.'

'Goad gaird us, Skald, the rule o a wee lassie. Smaa fendin agin the grip o Edward Langshankis. He's aifter a muckle empire forbye his ain kingdom.'

'The wurd's gane tae Sanct Andrews?'

'Jist afore yi cam. Bit, Skald, Ah maun feenish the Chronicle wark afore ither truibles. Ah'll nae kin bide here langer. Wull yi cum the morn? We mauna ferrie noo, yit we kin be snug ben the scriptorium. Ur yi wullin?'

'Aye, Faither, Ah'll cum. We maun feenish the taill afore it sterts tae scrieve itsel.'

'An mind, bring the laddie. Ah pledgit Bridie he wuld lairn his letters wi the novices. Aathing maun be dune noo, instanter.'

An the owerwrocht Prior wis awa, pechin an commaundin in the yin braith.

Yit ayont the yetts the dey wis bricht, the wund warm. The fisher boaties waur winnin tae the shore bi twas an thries, cheerie wi fou creels aifter the storms. Bit ithers wir gaitherit oan the beach wi ill tidins. Alexander, oor King, wis deid.

Sune thae wir driftin intae the Taivern, fell dowie. Guid King Sandie wi his fechtin an winin an wynchin. Thon wis a man fit tae be king. An thae waur ettlin tae greit lik a wheen o lassies. Thir merrie deys waur dwinit awa in the blink o an ee.

Skaldie cam ben wi me ahint lik a leal dug. He pit his pooch oan the boord yince mair an tuik his place bi the hairth, wioot a wurd. Times Skaldie culd mak hissel unmerkit whiles in clear sicht.

Mair fowk cam ben, an mair yill wis set roun, an bye an bye daurkness creipit inte the haivn lik a ship o ghaistis. Aabodie spak quaet an nane lauchit. Skald bidit his time, till at the laist he raxit his haun wi the hauf finger tae the fire.

'Whit's the warst peril o the sea?' speirs he. An aabodie turnit thir heids tae lippen.

'The muckle wave oot o caulm watter,' seys yin.

'Na, the muckle wave aifter the muckle wave,' seys anither.

'The last reif afore launfaa.'

'The whale's back.'

'The shark's tuith.'

'A wumman gien yir boat the evil ee, an yi aboot tae sail.'

'Whan the haar wrappit itsel roun yi lik a serpent, an nae sicht o laun.'

'An it turns tae ice.'

'An whit of the swelkie?' speirs Skald.

'Aye, ma faither telt me o the swelkie roun Stroma. He amaist gingit unner.'

'Ma faither telt me o the Corryvreckan, faur west.'

'Did yi see it, Skald?'

'Ah did, afore the fecht at Lairgs.'

'King Alexander tuik the Hebrides fir hissel.'

'Whit wis it like. Skaldie, the Corryvreckan.' Ah culdna haud ma wheesht onie langer.

'It wis lik naethin byordinar, till deip doun sum wey it shiftis, an biles an swirls roun. An nae man, nor wumman, micht sail inbye an cam oot, leevin nor deid.'

'Nae corp, nae wrack?'

'Naathin ava. Taen intae the faithomless pit o the yird.'

'Ginungagap, aneath the Tree.'

'Yit, ma friens, yin man daurit the whelkie, oan accoont o a bonnie wumman. An the Corryvreckan gied him back at the hinnerend.'

'Tell us, Skaldie!'

'Aye, gie us a taill o the sea, leist we faa tae greitin an sair lamentin.'

'Aiblins, a taill o perils an daurk deys. Verra weill,' consentit Skaldie gin he wisna wullin, an he tuik a wee sip o yill tae weet his thraipple.

THE WHELKIE O CORRYVRECKAN

Ah hae heard tell o yung seamen wha braggit thae rode the currents up the Soun of Jura, fir a wager. Thae tuik thir chaunces oan the rim o the whelkie o Corryvreckan, whilk lies atween Jura an the Isle of Scarba. Bit suith tae tell, nae boat whilk gaed intae the whelkie eer cam oot.

Langsyne, afore the White Christ cam to this laun, a priest o the auld weys bidit oan Scarba. His name was Dubhthas and he wis weill kenned an respectit in aa the Hebrides, in Scotland an in Ireland. Fowk thocht he hid sum sway ower the muckle pooer o the whelkie. An oan the Isle dwallit a hird o druids, an a band o wummen dedicait tae the goaddess whae restit aneath the pool an rulit ower aathing. In accord wi the roun o sacred times an saisons, Dubhthas an his fowk ascendit the craigs oan the sooth end o Scarba tae watch the fearsom gawpin o the whelkie an mak sacrifices tae thir goaddess.

Noo amangst the maidens aithsworn tae the goaddess waur nine wummen o byordinar beautie, an aiftertimes thae waur kenned as the Wummen o Jura, renownit in sangs an taillis. Bit thae leevit awa frae ithers, set apairt, reservit tae the haly Mither wha alane culd gie thir favours. An monie men, yung men an auld forbye, cam frae aa the airts tae Scarba an tholit the trials decreed gin thae micht be chosen.

Yince thir wis a yung chief frae the Lang Isle o the Hebrides, cryit Breacan, wha heard taillis o the whelkie an resolvit tae see the wunner fir hissel, an gie his respects tae Dubhthas forbye. Breacan wis a prood Viking, buirdlie an famit fir his virr an kinglie beautie. He wisna pledgit tae onie wumman, yit monie hid set thir herts an wyles oan winnin him.

Sae Breacan cam tae Argyll in his finest ship an sailit oan tae Scarba. An bi chaunce nor weird, he goat sicht o yin o the nine maidens, an he loast his hert tae hir byordinar dignitie an beautie. She wis raven-lockit wi skin white lik milk, smooth an wi the lowe o a river pearl.

Yit the wumman wis modest an oot o the wey, in obedience tae hir vow. It wis in passin, whiles Breacan laundit, hir veil slippit tae yin side an kythit hir face. An as she turnit tae snag the shift, she wis dumfounert tae see the bonniest man hir een hid eer behauld. Fir twa, thrie blinkis, thir een met an sauls mellit.

Noo Breacan wis a man wioot guile, an he gaed strauchtweys tae Dubhthas an pleidit fir the haun o the raven-lockit maid. Dubhthas wis vexit bi Breacan's suit, fir he likit the yung chief an desirit frienship wi the men of the Lang Isle. Bit he culd dae nae ither nor decree an ordeal bi daith fir Breacan.

An this wis the testin. Breacan maun anchor his birlinn, his graun ship o war, in the midmaist o the whelkie, owerluikit frae Scarba, fir thrie followin tides.

Breacan returnit tae his ship an gingit oan tae the Loch Sween, whaur he bruidit oan sic a wanchauncie weird. His hird urgit Breacan tae raise aunchor an mak guid speid norward fir hame. Bit Breacan wuldna gie grund. Fir him, it wis luve nor daith.

Sae he commaundit thrie aunchor lines tae be windit. The first yin wis o wool maist fine, spun, plaitit ticht, an plaitit yince mair. The neist wis o horse hair, plaitit ticht, an plaitit yince mair. An the thrid wis o maidens' locks, plaitit, an plaitit, an yince mair plaitit agin aa mischaunce. Thrie lines redd tae gaird the ship thru thrie followin tides.

'Whan the time o testin cam near, Breacan sailit oot o the sea loch oan a waurm sootherlie. But as sune as he cam intae the Soun o Jura, the wind fell awa. Thae pit oot the oars, bit thick haar creipit oot lik a serpent an thae culdna muve leist thae rin oan the reifs. Thae waur becaulmit, gin straundit oan a whale's back. An thae sat in a daurk clood, bruidin ower Breacan's ordeal, an yairnit fir sauf havn.

Oan the third dey, a wund stirrit, the haar liftit, an oan Breacan's commaund thae sailit tae Scarba. An, cumin near, thae waur astoundit tae see the Isle ringit wi ships. Wurd o the testin hid gane oot faur, an monie hid traivellit tae witness Breacan's ordeal.

Thir wis feastin, music an taillis thon nicht, sic lik wis neer heard afore nor syne oan Scarba nor Jura.

An Skald inclinit intae the lowe, gin he micht tak virr frae its flame. An his haun sweipit ower the scartit face, clearin his ee inbye an oot.

The dey o ordeal dawnit. The sea wis caulm wi nae wund tae spik o. Breacan steirit his birlinn intae the slack whaur the whelkie wuld brak. His men brocht oot thrie aunchors, an cleikit yin wi the rope o fine wool, the neist wi the rope o horse hair, an the thrid wi the rope o maidens' locks. Aa thrie waur caist oot intae the watter, an hingit oan thir lang lines wioot findin sea grund.

An the haill crew settlit tae bide the ootcome. Breacan hid his ain leal wulfhund Luath bi him oan the deck. Luath luvit his maister ayont aa leevin craiturs. The craigs o Scarba an o Jura waur fou o fowk luikin doun, whiles ither ships ringit roun oot o wey o the currents.

An the tide stertit tae rin, an the whelkie o Corryvreckan stirrit. The watter revolvit slaw, an neist wi mair pace. The boat wis turnin an wioot warnin a muckle gap yawnit at the midmaist. Faem churnit, wund whirlit, an the thrie lines raxit, strainit, girnit. Aa thrie waur haudin ticht whan, wi yin aamichtie crack, the rope o fine wool brak in twa.

The whelkie subsididt and the birlinn richitit herself. Yit Breacan's men waur fell frichtit.

'Dinna be feart,' seys thir maister, 'the ither twa lines wull haud fast. Ah sweir bi the curage o Luath, an the pooer o the Mither hirsel.'

Aa wis yince mair caulm, sae thae hunkerit doun tae abide the neist tide. Thir wis nae feastin nor music oan Scarba. Aabodie wis oan gaird, gin ill chaunce micht sune befaa.

Laun an watter waur happit bi the daurk whan Breacan's men arousit wi the trimmle o timmers aneath. The lines strainit and creakit, an the boat begoud tae turn. Sae black wis the nicht, naebodie culd see the yawnin gap, bit the whelkie gied a gurlie roar, the wund whirlit, the boat lurchit, and the twa lines raxit an skraikit. Baith waur haudin ticht whan, wi yin aamichtie crack, the rope o horse hair brak in twa.

The whelkie subsididt and the birlinn richitit herself. Yit Breacan's men waur fell frichtit.

'Dinna be feart,' seys thir maister, 'the thrid line maun haud fast. Ah sweir bi the curage o Luath, the pooer o the Mither hirsel an abune aa the leal herts o the maids o Scarba.'

Hoosoever, naebodie tuik onie rest thon nicht, bi laun nor watter. Yit aa wis yince mair caulm, an thae abidit the dawn o dey an the neist tide. Aabodie wis oan gaird, gin ill chaunce micht sune befaa.

The morn lichtit, syne the sun didna kythe. Grey cloods scuddit ower bringin squalls o gustie weet. The claith o the birlinn flappit lik a fell wearie bird wha socht shelter afore the storm. The men thocht it an omen o thir weird, bit yince mair Breacan tellt them tae traist in the locks o Scarba's maidens. An Luath waggit his taill an lowpit roun the ship bairkin wi guid cheer.

Whan the thrid tide cam, the watter stirrit an revolvit, the wund whirlit, bit the whelkie soukit the pooer intae itsel, an thrie times the furie wis unleashit. Wioot warnin the third line brak an whippit awa in twae.

Aabodie oan the craigs luikit wi horror, as Breacan's ship gaed doun wioot soun nor trace. Forbye, the ither ring o ships waur draiggit intae the whirl crashin yin wi tither. Thae swirlit roun till yin by yin, thae waur soukit intae the maw.

At the hinnerend, the whelkie subsidit intae a stanie glower an wis shroudit bi quaet. Fowk stude abune stoundit bi the sicht, till yin eerie keenin gaed oot ower the watter. An the wumman wha Breacan luvit ayont aa leevin things pitchit hirsel aff the craig intae the yawnin deip, an aifter the ripples caulmit she wis heard nor seen mair.

Skaldie's ee wis narra tae a black pynt, gin he wis soukit doun as weill. Bit he raist his heid an peirit roun.

Sum sey a wumman wha Breacan jiltit pit a hair intae the rope, takin vengeaunce oan the man whae hid slichtit hir. Bit suith tae tall, naebodie afore nor syne his owercum the micht o thon Whelkie o Corryvreckan. Gin it be yir weird, yi wullna win oot leevin, nae een bi the pooer o luve.

Yit three deys aifter, Breacan's corp wis caist ashore oan Jura an taiglit in his limbs wis the bodie o faithfou Luath. Thae wir buriet thegither oan Cruachan at the norend o Scarba, luikin doun oan the maiden's grave. Hir corp wis neer fund an nae een hir name his cairriet doun in the taill. Bit sum sey the whelkie itsel noo cairries the name o her luve.

An Skaldie's taill sunk intae quaet lik the whelkie whan the fell tide hid rin its coorse.

Fowk waur gazin intae thir jougs. Thon wis a taill o luve an daith richt eneuch.

'Ah wish thon lassie hid keipit hir name,' seys saft-hertit Wullie.

'Blatherskyte,' seys anither, 'pass roun the yill.'

An aabodie turnit awa frae wan chauncie wurds an taillis o ill luck tae drinkin deip, nae leist Skald hissel. Roun an roun gingit the yill, till yin bi yin thae set doun thir cups an waulkit oot intae the nicht.

'Time tae lowse,' seys Skaldie at the last, 'it's been lang dey.'

An he pit his haun tae ma shoudder an, raisin hissel up, restit his wecht. An oot we gaed an up the Vennel, weaving yin wey nor tither til we won intae Bridie's havn.

Yit Grannie Bridie wis slumberin soun bi the hairth. She wis wraippit roun wi her muckle cloak an a tuim beaker wis bi hir haun.

'Aye, Ah'll tak a drap,' Skaldie wis mumblin, an he dippit the beaker in Bridie's cauldron, whilk wis hingin ower the aumers. His ee wis cloodit an his haun trimmlit, whiles he lowerit hissel ontae a bench suppin the brew.

'Whit is it?'

'A kenning dram, lad, a kenning dram,' an he sterts hummin an croonin lik an auld carlin.

> Nine deys, nine nichts,
> Ah hing frae the aish
> Piercit bi elm, aish an elm.
> Naebodie kens the ruits o twa,
> The runes o thrie bi thrie.
> Nane gied me breid bi dey,
> Nane gied me yill bi nicht,
> Nae sough o braith. . .

An Skald drew in a lang braith, an suppit mair brew. Ah thocht he micht tummle, bit na, he gaitherit mair pith.

> Ah traivellit nine warldis,
> Ah lairnit the rune merkis
> Ah gied yin ee tae win
> The inmaist sicht o aathing.

He hoastit an slochit intae the hairth. Neist he luikit at me gin he hadna seen me tae haun afore. An aa heilstergowdie he tells me aboot voyagin frae Norrowa, aboot the hoard an his brunt face, an the Maid. Ah daurna shift yin inch, whiles ma heid rin wuddie lik a shepherd's dug herdin frichtit sheip intae a fauld o mindin.

NINE

'SOMERLED? THE YIN wha focht the Scots?' Prior Tammas wis wearie, yit intent oan the auld pairchment. 'First tae be cryit Lord o the Isles?'

'Na,' seys Skald, 'he cam afore, a leader o war takin Argyll, the Hebrides an Man.'

'Irish?'

'Descendit frae Godfrey White Haun, the Viking King o Man. He wis lik Thorfinn the Michtie, hostin men frae Man, the Hebrides an Dublin intae Scotland. Sum sey Somerled wis treatin fir peace an wis betrayit bi the Scots.'

'Aye, thon's the gist of the chronicle, Skald, an it seys Somerled endowit abbeys an nunneries in the Isles.'

'Weill, Faither, frae the deys o King Dauvit the Scots waur laun-hungert. Thae tuik Moray in the norlauns an Strathclyde tae the sooth. An Alexander, the deid King's faither, seizit Caithness frae the Jarl o Orkney aifter the fermers brunt Bishop Adam fir owertaixin thir hairst wi his newfainglit tithes.'

'Goad sauf us frae the haithen,' plaint Tammas crossin hissel, 'tithes waur ordainit in Haly Scripture.'

'Thir's aye daunger in scrievin things wi black letters, Faither, syneithers wha dinnae unnerstaun scan. Better haud things in hert an mind, lik a taill. Wull yi lippen noo?'

'Aye, Skald, fir Ah maun scrieve tae the feenish.'

THE FECHT AT LAIRGS

Aifter the Scots kings grippit the laun, Alexander, faither o the King wha is noo deid, telt the King o Norrowa tae yield him title tae the Hebrides. An whan he refusit, Alexander gaitherit ships an men an aunchorit wi his host in Kerrera Soun, prepairin tae tak the Hebrides bi micht.

Bit yin nicht, thrie kennins cam tae Alexander wha wis sleipin unner na awnin oan his boat bi nicht. Thae wir Sanct Olaf, wha wis King o Norrowa langsyne, stoot an reidchoukit, Sanct Maguns the Jarl, fineset an noble in daith as in lyfe, an thrid Sanct Colmcille o Iona, wi his monk's tonsure an lowring broo.

'Wull yi gang tae the Hebrides?' speirs Colm.

'Nae dout o it,' reponit Alexander wioot rousin.

'Yi maun turn awa frae sic voyagin,' retorts the Sanct.

An aa thrie haly ghaists waur gane. In the morn, Alexander mindit the kennins, an he tellt his coonsellors, whae aa advisit the King tae ging back tae Scotland. Bit he wuldna yield. An sune aifter, afore he micht sail, he tuik a fever an deed.

Noo, whan his laddie, the Guid King Alexander cam intae his ain, he resolvit tae feenish the faither's wark. An he tuik ships tae the Hebrides wioot dawdlin, an hairriet an subduit aa the Isles.

In thae deys, auld King Haakon wis yet rulin in Norrowa, an monie ither pairts forbye. He wis haein nane o it, an he gaitherit a muckle host, ettlin tae settle the maitter o the Hebrides yince an fir aye.

Sae Haakon sailit unner his raven standart tae Orkney, Caithness an the Hebrides. An in ivvra place he assertit his ain richt by fire an sword, waistin an plunnerin, till he wis goargit wi pride an gear. In suith, Haakon wis a michtie King an o suithfast Viking bluid.

Ma lugs waur tinglit bi the soun o Haakon, syne Ah hid lippent tae Skaldie's ain accoont o the king bi Bridie's hairth the nicht afore, bit he didna lat oan in onie wey. Aiblins he didna mind tellin me the taill. He haudit forrad.

Neist Haakon sailit intae the Firth of Clyd wi the haill host, gleg fir a reckonin. Bit Alexander wis ower cannie tae launch intae a sea fecht, gin he micht na hae the advauntage. Sae he treatit an parleyit ower ilka Isle, pledgin yin tae tak anither lik a gemme o chess.

An aifter a time, as Alexander weill kenned, the west wunds stertit blawin. An Haakon's ships waur ridin sooth o Arran, warie o the shores, an nae faur eneuch up the Firth tae aunchor sauf in sic a saison.

Sae Haakon loast his patience, an commandit launfaa at Lairgs. Yince mair Alexander wis cannie an thir wis a skirmish nor twa oan the beach bit nae richt fecht, forbye Haakon culdna pit eneuch men ashore oan accoont o the wund an muckle waves brakin.

In the hinnerend, Haakon an Alexander bath claimit the victorie, bit, suith tae tell, Haakon hid tae sail oot o the Firth tuim haundit, whiles Alexander wis left tae tak back the Hebrides in his ain time.

The auld sea wulf cam tae rest fir the winter oan Orkney. An a hantle of Irish chiefs cam tae Haakon in Kirkwall ettlin tae mak him Hie King O Ireland. An the King's coonsellors refusit, an Haakon wis fell wroth. An he tuik a fever an deed in Orkney, an his corp restit in the Minster o Sanct Magnus aa winter till he micht be brocht hame tae Bergen an buriet in the mainner befittin a michtie king.

An Magnus, son o Haakon, treatit wi Alexander concernin the Hebrides, an the haill maitter cam doun tae siller, lik twa mairchants haigglin ower a bunnle o wool. The deys o fame an glorie waur dwinit awa. An King Magnus mairriet oan Alexander's dochter Margaret, and thir dochter, graunbairn tae Alexander, wis cryit Meg an aa, Margaret the Maid o Norrowa. An the taill is unwindit bit aiblins nae yit dune.

'It wis the wull o Goad, Skald, fir the Chronicle seys Haakon wis repulsit nae bi wappens o war, bit bi divine pooer. Recoont the text, Angus.'

'Aye, Faither.' An Angus begoud tae owersett frae the Latin. 'Afore the fecht at Lairgs, the blissit Sanct Margaret kythit in a veesion tae Sir John Wemyss, Knicht o Fife. An she wis comin oot o hir muckle kirk at Dunfermline wi a buirdlie knicht oan hir ain airm. "Thon Knicht," seys she, "is ma husband Maelcolum wha gangs wi his host tae fecht fir the Scots at Lairgs, syne Ah receivit this kingdom oan the yird frae Goad, an maun defend its richt."'

Angus pit doun the pairchment.

'An noo, Faither,' seys Skaldie, 'wir ain threid's hingin bi anither Margaret, a wee bit lassie forbye.'

'Aye, Skald, yit sum sey Queen Yolande hirsel is wi bairn, an thir micht yit be an infant king tae croun.'

'Lad nor lassie, bairns dinna bode weill, Faither, tae haud the rod. Owermichtie lords wull tak them in haun ettlin tae rule fir theirsels.'

'Yi hae the richt o it. Whan Guid King Alexander wis bit a bairn king, the laun wis rent wi warrin factions. Goad keip us frae sic anither time o truible. An frae the English. Thon's the sair rub. It micht aa ging throutother.'

'Ragnarok.'

'The end times?'

'The auld seers' kennin.'

'Goad gie us aa mercie, Skald.'

'Yull hae the Chronicle dune wi onieroads, Faither.'

'Ahm muckle obleegit fir the taill o Lairgs. Ah didna ken aboot Haakon restin in Kirkwall thru the winter.'

'The Vikings ur bye wi it noo, bit we hae the storms yit.'

'Tak this, Skald, wi ma blissin.'

Skaldie inclinit his heid an recivit a clinkin pooch intae his haun.

'Fareweill, Faither,' seys he, saft spakin.

An we depairtit. An Ah didna merk nor mense oan hoo 'fareweill' wis the wurd he yaisit.

It wis a bonnie dey luikin oot frae the Priorie. Ah mind it clear, een huddlit roun the fire in Airth whaur the cauld haar drouns aathing bricht. Thon time yi micht see white cloods chasin yin anither ower May Isle, an the blue watter glintin wi crests o sunlicht. The lift abune wis a swan wey, and the sea-road itsel redd fir voyagin.

Yit ma harns wir racin wi the taill o Lairgs an whit Skaldie hid telt me the nicht afore aboot Norrowa an Haakon an his kennins o the Maid. Wioot thinkin, Ah wis ben the taivern, nae mindin companie nor crack, forbye it wisna cheerie.

Whan the dey wanit an the lamps waur lichtit, fowk luikit gleg fir Skaldie, gin he micht gie a taill, bit he restit bi the hairth peirin intae the fire, peyin nae heed, as wis his wey. A kin o gloom settlit lik haar.

'Yi micht jalouse the lauchin wis bye an dune wi fir Loki.'

Aaabodie turnit roun nudgin an noddin.

'Whit aboot, Loki, thon evil wee bastart?'

'Aye, Skaldie, gie us the ootcome, Ah beg yi,' seys Wullie, amaist greitin.

THE BINDIN O LOKI

Aifter Loki devisit Baldur's daith bi the innocent haun o Hothur, he guisit hissel as an ugsome auld giantess wha wuldna greit fir the bonnie beluvit goad. Thir wis nae road back fir Baldur frae the wraiths o Hel.

Sae noo the goads hid nae time fir Loki. He daurna kythe his face in Asgairth. Bit Loki culdna thole sic slichts. Furie wis gnawin oan his guts lik a rat in a cage.

Neist, he goat wurd o a hairst feastin in Aegir's haa, roun the muckle caudon whilk Thor hid brocht awa frae the giants an neer gied back. Aa the goads waur tae ging.

'Aye,' bruidit Loki, 'Ah'll mell venom wi thir mead. Whan aathing's coontit, Ah hae mair michtie deids tae ma fame nor the wheen o thae braggairts.'

An Loki cam inbye wioot guise nor weillcum. Ivvra ee in the haa fixit oan the loathit veesitor wi dreid.

'Mind oan yir aith, Odin,' demaundit Loki, 'whan we mellit oor bluid, aye tae gie Loki a share o yir ain cup.'

'Nae dout o it,' seys Odin. 'Gie the Faither o Fenris Wulf a goblet o mead.'

'Thon wis in the morn o time,' seys Frigg, fell bitter, 'whan yi waur lik twa brithers, nae dout o it.'

'Aye, an whan brither Odin wis awa, Frigg, yi tuik ither goads tae yir bed.'

An the goads lauchit wi derision, fir aabodie kenned Frigg wis a leal wyfe.

'Yi wadna daur mock me, gin ma son Baldur wis wi us,' seys Frigg, wha wis noo bilin wi furie.

'Dinna fash, Frigg, Baldur's neer cumin this wey mair, syne Ah pit him doun tae Hel.'

'Haud yir wheesht,' brak oot Freya, 'yir nae man tae spak amang goads, haurdlie hauf a wumman.'

'An whit o yersel, yi foul bitch, hag, whure. Yiv lain wi ilka yin o the goads, an yi fuckit fower dwarves tae git haud o thae baubles roun yir thraipple.'

Sum waur fir killin Loki straucht, dismemberin his corp an feedin him tae Odin's ravens.

'Weill,' tauntit Loki, 'gin yir gleg tae fecht, cry oan michtie Tyr. Ma ain sweit son Fenris his taistit his flesh afore.'

'The wulf is bound til the end times,' repruivit Odin. 'Tak tent, Loki, leist yi be neist fir bindin.'

Thae thochts o Ragnarok gied aabodie the boak, an guid cheer an craick waur noo choakit in ilka mooth. An yin o the giant kin wis neist the hairth, an she dovit wioot warnin intae a kennin.

'Loki the dug, Loki the dug. His taill winna wagg. He maun be bindit. Sinews o wulf, fetters o irn, gin the endis times cum. The draigon, the draigon o Ragnarok, taks flicht, taks flicht frae the yird.'

Neist Sif, gowden lockit peacefou Sif, spak oot wi strang voyce. 'Raise a goblet o mead, raise hie afore the yird trimmles and the seas swelk, an we ging doun tae the void o Ginungagap. We maun hae a cup o kindred, gin we micht leeve ayont the end.'

Bit Loki gaed fou gyte. 'Yir locks waur shorn, Sif, yit yi tuik me tae yir bed, an gied me yir bodie wioot let nor shame.'

Thunner rummelt ower the lift. Thor hissel cam roarin inate the haa, spairks fleein frae his baird wi furie. 'Yi vile wurm, Ah'll pit thae wurds back doun yir thraipple!'

'Aaricht, aaricht, Ah'll awa. Ah ken Thor cannae haud his yill.' An Loki sterts oot o Aesir's haa, yit nae wioot gien a last wurd o ill omen, 'Lat timmers chynge tae aumers afore anither hairst be won.'

Bit Loki hid owershot his merk. The goads tuik coonsel gin thae micht hunt an bind the ill-daein fien. An Loki kenned fou weill thir intent, sae he happit hissel aneath the muckle linn. An he begoud tae weave a net, sib tae the yin Ran gied him aforetimes tae grip Andvari the wee ringbearin dwarf.

'Neer fret,' seys Loki tae hissel, 'Ah hae mair devisins, mair wyle nor aa the gods o Asgairth. Ma fame wull neer be snuffit oot.'

Bit the goads waur trackin close ahint Loki, wi Thor fore-maist. Sae Loki chyngit intae a saulmon an dove deip doun aneath the faas. Sae whan the goads cam tae the linn thir wis nae sign o Loki.

'Bide a wee,' seys Thor, 'thon's Loki's fire unner the aish tree.'

An Odin peirit intae the lowe an gies a kennin. 'Ah see the threids o a net in the aumers, sic a net as Ran yaises tae pou Vikings unner the waves.'

'Thon's no chauncie,' girnit the ithers.

'Aiblins, bit yin time Loki an masel snaggit Andvari wi sic a net, an he chyngit intae a saulmon an dovit aneath the faas. Ah jalouse we maun mak a net oorsels an ging fishin fir Loki.'

Sae oan Odin's biddin, the goads weavit a net, an thae draiggit it thru the river. Bit Loki slippit unner the rocks, scar-tin his scales.

'Merk weill,' seys Odin, 'we hae fund oor saulmon.'

Sae thae pit wechts tae the net an scourit the river bed frae faas tae firth. Noo Loki culd lowp the net an swim oot tae sea. Bit whitna beasts micht luirk fir him ootbye? Sae he didna win clear bit flippit back fir the linn. An thor grippit his taill fell ticht, fir saulmon aye hae narra taillis. Noo Loki wis nabbit an chyngit back tae his ain sel.

An the goads cairriet Loki intae a weem, faur oot o sicht ablow the yird. An thae raxit him oot oan haurd shairp stanes, an gougit sinews frae yin o Loki's wulf bains, an threidit them thru een caist in the stanes, makin thongis o leevin flesh an o irn. Whiles, abune Loki's heid thae hingit a serpent, coilin an spittin in furie. An the serpent dreipit venom oantae Loki's broo, an he writhit in agonie.

Noo his ain wyfe, the ugsome giantess, cam tae Loki's side. An she raisit a cup tae the dreips, till it wis fou o venom. Neist she hid tae turn ahint hirsel an thraw oot the vile drink, whiles yince mair a mercieless drap bit burnin intae Loki's broo. An he screichit in agonie an wisna tae be consolit.

An Loki's fetters mauna be lowsit afore the times whan daurkness wull be lowsit ower the yird an aa leevin things win tae thir hinnerend.

An ben the taivern ilka man peirit doun intae his cup, seikin ill omen in the lees. An Skaldie raxit tae his ain goblet.

Bit dinna lose hert. Aiblins sum new maitter micht rise oot o the end deys. Frae the daurk birthis glints o fresh licht, a glim o gowd tae gift pair fowk plentie. In aiftertimes, we maun jalouse.

An wi a wee florish, nae owerweenin, Skaldie pit anither pooch tae the boord, an forbore. The fisher fowk luikit up frae thir dregs an tuik whit comfort thae micht oot o sic a wanchauncie nicht, whilk noo crouchit cauld an hungert ayont the taivern's lowe.

An wioot wurds spak, thae drounit thir yill, an pactit tae ging oot twa an thrie thegither, sae naebodie micht be huntit alane. Suith tae tell, thir wis nae remeid in Skaldie's taill.

Thon wis the last taill Skaldie's telt in the taivern o Pittenweem. Naebodie kenned it wis his endin, bit bi nicht, nor leistweys dawnlicht, he wis gane, an neer kythit mair.

Ah wis pit tae buik lairnin wi the brithers as Bridie intendit, an anither man wis socht tae plie the May ferrie, wi ither laddies tae pou the oars.

Whaur did Skaldie gang? Ah dinna ken, forbye his waulkin wraith oan Forth micht tell. Yit Ah dae ken whit he telt me in Bridie's weem aifter wurd cam o Alexander's daith. He wis croonin tae hissel whiles Bridie's brew tuik his heid faur ben, whan he turnit frae Odin's runes tae whelkies an drounins yince mair. An neist he pits sum auld ballad tae his mou and begoud tae chaunt aboot Norrowa, the Maid an siclike forebodins.

> The King sits in Dunfermline toun,
> Drinkin the bluid reid wine;
> Whaur kin Ah fin a bauld yung man
> Tae sail this ship o mine?
> *Tae Norrowa, tae Norrowa*
> *Faur ower the faem*
> *Tae the king's haa o Norrowa*
> *Tae fetch oor dochter hame.*
> An wha hae spak o this ill tide?
> An wha hae spak tae me?
> Tae sail ma ship this year's time
> Oot ower the cauld saut sea?
> *Tae Norrowa, tae Norrowa,*
> *Faur ower the faem*
> *Tae the king's haa o Norrowa*
> *Tae fetch oor treisur hame.*
> Be it fair, nor be it storm,

Oor guid ship sails the morn,
Syne late yestreen the new mune
Hid the auld mune in hir horn.
Tae Norrowa, tae Norrowa
Ah dreid we maun be drount
Tae Norrowa, tae Norrowa
Tae see oor new Queen crouned.
We hadna gane a league, a league,
A league nor haurdlie thrie,
Whan the lift gaed daurk an the wund blaw lood
An we spyit a grune waa sea.
Tae Norrowa, tae Norrowa,
Wi nae mair daith nor dreid
Tae Norrowa, tae Norrowa
Laired fiftie faithoms deip.

'Ah maun fetch the Maid,' seys Skaldie, gin he saw me bi him. 'An ah maun win the hoard hame.'

Ah culdna mak mense o it aa, yit he soberit a wee, an luikit straucht intae ma twa een frae his yin.

'Will yi hae the taill?' speirs Skald.

'Aye, wull Ah nae?' wis ma repone.

'Yi maun haud it fast tae yersel.'

'Ah sweir, bi ma Grannie Bridie's hairth.'

An Ah hae keipit thon aith till the dey. Yit it's Skaldie hissel wha's waulkin noo, an Ah jalouse he's ettlin tae lay hissel doun in peace. Sae it faas tae me tae feenish Skald's saga an hae dune.

THE TAILL O HAAKON'S SKALD

Haakon Haakonson wis the maist michtie o aa the kings o Norrowa, forbye Harald Shaggie Heid hissel. Yit Haakon haudit mair in his ain haun nor Harold, takin the rule o Iceland an een Grunelaun afore he deed in Orkney.

An lik a michtie king, he treatit wi Paips an Emperors, Sultans an Emirs. The King o Fraunce desirit Haakon tae lead his crusaid tae the Haly Laun, while the chief men o Ireland wuld mak Haakon Hie King. Prince Alexander Nevsky o Novgorod pleidit fir Haakon's aid agin the Mongol Khan wi his gowden horde.

Bit he refusit aa thae hie falutin honors, fir in suith Haakon yaisit mair nor hauf o his lang lyfe fechtin tae be king. In thae deys, twa nor een thrie kings waur contendin fir the rod o Norrowa. Sae in aiftertimes Haakon wisna ettlin tae gie up the throne unner his ain airse. He wis michtie bit wylie wi it.

Noo Haakon hissel wis birthit oot o wedlock bi a hie born wummn cryit Inga wha consentit tae lie wi Haakon's faither. Bit the faither wis deid afore Haakon kythit, sae ithers wi a claim tentit tae kill Haakon whiles yit a soukin bairn. An Inga's hird cairriet Haakon ower the bens oan skis, fir Inga wis resolvit tae mak hir ain son King o Norrowa.

Whiles a laddie, Haakon wis fosterit bi Skulie Bardsson wha hid hissel claimit the croun, bit Haakon keipit his ain coonsel. Inga wis pit unner trial bi ordeal in a minster kirk, wi reid hot irns, tae pruive the faitherin o hir son. An she won his richts in the sicht o man an Goad. Thir wis nae mercie in thon times, an sma observaunce of Christian weys.

Hoosoever, frae the stert, yung Haakon sidit wi the Kirk, an ettlit tae rule ower yin Christian kingdom o Norrowa. An in suith, bi dint o his resolvin, Haakon gainit laun an pooer, an wis sune king bi his ain richt. Bye an bye he tuik aa Norrowa unner his rod.

Noo, in the hird o King Haakon wis a yung makar, an fechter forbye, Skald. Sune he wis amang Haakon's maist leal men. An aft Skald wis oan the mairch bi laun nor voyagin bi sea tae pit doun the King's faes.

Yit whan Haakon hid gainit the pooer tae hissel, he turnit tae releegion mair an mair fir his staunin, an socht the Paip's authoritie ower his rule. Aabodie noo maun be a haly King nor emperor.

Bit Skald wis thirlit tae the auld weys o raidin an glamourie, sae aifter a time he desertit frae Haakon's hird an gaed tae Caithness, whaur the suithfast Viking bidit, an Christian custom wisna sae strang. An in Caithness he begoud tae lairn seidr glamourie alang wi the craft o verses an kennins.

An Skald wis content wi his leevin in the norlauns, till King Alexander, the Guid King's faither, raidit in Caithness, intent oan takin the Jarldom unner his ain rule. Sic is the wey o kings in ivvra laun.

An bye an bye Skald, nae langer yung, yince mair tuik up his sword. Sae whan in aiftertimes Haakon brocht his ships tae Caithness, he wis speirin aifter Skald the bard an Skald famit in the fecht.

An Skald cam tae Haakon's ship an the twa auld friens hid a graun blether, an Skald consenitit tae jyne the King's voyage tae the Hebrides as a bard. Forbye, gin thir wis onie daunger tae Haakon, Skald wuld wield a sword. Thon wis a pynt o honour wi the bard.

Noo, Haakon sailit wi his muckle host, an whan the Scots spiet sic a michtie pooer, thae fled thir haas an hooses, leavin aa tae the plunner. An the pickins waur ower rich, sae Haakon culdna keip a grip o aathing bi hissel. An Skald begoud tae gaither a hoard oan his ain accoont.

Thir wis eneuch siller an gowd, gin the auld bard micht hae a haa an launs in Caithness nor Orkney lik a prood Jarl. Sae Skald wis foremaist plunnerin the kirks an priories, brakin up chalices an gowden crosses fir thir wecht. Gin he kenned, Haakon luikit the ither wey.

Sune the host wis faur sooth, an Haakon intendit tae turn intae the Firth o Clyd, whauir he micht bring the King o Scots tae terms. An he socht the coonsel o Skald wha hid monie years o dealins wi King Alexander as frien an fae. An Skald kenned King Alexander wuldna be aisie persuaidit nor frichit. Sae he resolvit tae bield his ain hoard afore thir micht be a fecht. Bit whaur micht be snug frae Haakon's greidie een and frae the Isles fowk ryngin.

An kennin the weys o the sea, Skald thocht o the whelkie o Corryvreckan as a wanchauncie bield whaur monie wuldna daur tae ging. Sae he tuik a traistit frien in a sma boatie wi the wecht o treisur, an he steirit intae the cauldron afore the tides micht rin.

Noo oan the Isle o Scarba, aside the whelkie wis a haly birthin weem wardit bi a stane skull o daith. An wi irn staives thae brak the rocks an happit the hoard fell ticht unner the grun. Neist, Skald taks his aix an killt the ither oarsman an pitches him intae the cauldron tae be mait fir the whelkie's stirrin.

Bit Skald hid bidit ower lang fir the tide an maun rin his boat agrund oan Jura. An a hantle o Islemen, whae waur watchin fir Haakon's ships, grippit the auld bard an draiggit him intae a barn. An the heidman luikit at the irn rods an the gowd ring roun Skald's finger an thocht o treisur.

Sae he tuik a dirk an hackit aff hauf the finger in yin straik. 'Noo,' seys he, spakin Erse, 'whaur hae yi pit the hoard?'

Bit Skald wisna ettlin tae tell the heidman, sae the Islemen stringit him up in the barn, an beat him wi his ain rods, an brunt his face wi a reid hot brand, gougin oot yin ee.

Bit still Skald wuldna yield. He yaisit the seidr glamourie tae send oot his spreit waulkin awa frae his bodie an the blin pain. Sae the heidman brak Skaldie's leg banes in thrie nor fower places, an he wis menseless. Thae gied him up fir deid an cut him doun, caistin his corp ootbye the barn. Onie guid Viking wis a deid yin.

Bit aifter thae waur gane, Skaldie crawlit in agonie tae a wal an slaikit his fierie drouth. An an auld wumman fund him bi the wal, an tuik him intae hir bothie. An she wis eident wi healin salves an herbs. An she nursit Skald back fae the brim o daith.

Whan Skald hid gainit sum pith o lyfe, she pit him oan a wee ponie, an sent him ower bi nicht in a curragh tae anither auld wyfe in Kintyre. An sae oan, yin tae anither o the companie o cailleachs, till Skald raxit tae Grannie Bridie's weem, wi yin ee, puckerit flesh an a gammie leg.

He hid cam tae rest in Pittenweem lik flotsam nor jetsam. An sune he wis Skald the Ferrie, Skald the bard an taill teller, an Skald wha in aiftertimes tuik Donal the faitherless bairn unner his raven's wing.

Fir a wheen o years, Skald wis contentit crossin atween the havn an May Isle. Bit neist, wioot warnin, Guid King Alexander wis tummlit ower the craig an deid. An thochts o Norrowa langsyne an the whelkie's hoard stirrit yince mair. Gin a ship micht ging tae Norrowa an fetch the Maid hame. . .

Aiblins she wis a wraith, nae leevin lass. Hoobeit, she neer cam tae Scotland, an whaur Skaldie gaed naebodie richt kens. Yit Ah jalouse bi his waulkin spreit he's nae in in the laun o the leevin.

Sae noo this taill is dune, the saga o Skald the Ferrieman, wha wis suithfast Viking, feart o nane, man nor goad. Haly Mither gie him rest at the hinnerend. Nae aforetime, syne a muckle storm is brakin bi the Rymour's kennin. The taill o Scotland maun sune be scrievit leist it sterts tae scrieve itsel, yince mair in saut an bluid.

GLOSSARY

SCOTS IS A close cousin of English and often the sound or the appearance of the Scots gives an immediate clue to the meaning. The best thing is to enjoy the pattern and run without worrying about every word.

aa: all
aabodie: everyone
ablow: below
abune: above
afore: before
aftimes: often
Ah/Ahm: I/I am
ahint: behind
aince: once
ainlie: only
an aa: as well
aneath: below
airt: direction
aisie: easy
aisling: dream vision
aith: oath
aits: oats
ajee: squint
athwart: crosswise
atween: between
aumers: embers

a wee thing: a bit, somewhat
ayont: beyond
aye: yes, always
baikit: baked
baird: beard
bairn: child
begoud: begin
ben: inside
bevvy: drink/ing
bide: stay, wait
bield: shelter
bielin: furious
bigg: build
blate: shy, reluctant
blatherskyte: foolish blether
blaw: blow
bluid: blood
boak: vomit
bodach: old man
bogie: cart
bonnie: beautiful, handsome

boord: table
borach: mess, tangle
brae: slope
braid: broad
brak: break
breenge: burst, rush
breiks: trousers
brewst: brew
brig: bridge
brocht: brought
bruitit: noises
brunt: burned
buckie: limpet
buirdlie: strong, well-set
byordinar: exceptional
caa: call
Cailleach: old woman
cannie: cautious
cantie: cheerful
cauld: cold
chaumer: room
chynge: change
claik: clatter
cleik: fasten
clanjamfrie: crowd/lot
coorie/t: shelter/ed
coup: turn out/over
crabbit: cross, ill-tempered
crack: chat
craig: cliff, rock
creeshie: pudgy
creel: basket
croudie: soft cheese

cum: come
cryit: called
daeins: doings
daith: death
daunner: stroll, wander
dee: die
deil: devil
dicht: wipe, dab
ding: strike
dirk: dagger
doun: down
dout: doubt
dowie: sad
dover: doze
drap: drop
dree: endure
dreip: drip
drouth/ie: thirst/y
druiblie: troubled
dug: breast
dug: dog
dumfounert: amazed
dwine: pine, diminish
dyke: wall
ee/een: eye/eyes
eident: perceptive, knowing
eneuch: enough
ettle: aim, try
faa: fall
fae: foe
fair: much, very
fair: clear, bright
Fairin: inshore boat

fecht: fight
feck/the: most/the
fell: very, terribly
fendin: provision
ferm: farm
fit: foot
florish: blossom
forbye: besides, in addition
fower: four
fou: full, drunk
fouth: plenty
fower: four
fule: fool
fowk: folk
gait: way, road
gammie: lame
gang/ging: go
gear: possessions, money
gey: very
gie: give
gin: if
girnin: moaning, complaining
glamourie: magic, spells
gled: hawk
gleg: willing
glim: glimmer
gloamin: twilight
gob: mouth, spit
gomeril: fool, useless person
gowd: gold
greit/grat: weet/wept
grippie: greedy
grune: green

guff: stink
gumption: sense
gyte: mad
haa: hall
haar: fog, mist
haill: whole
haivers: blethers, nonsense
hame: home
hantle/a: few/a, some
hap/pit: cover/ed
hairts: harvest
hairth: hearth
harns: brains
haun: hand
havn: harbour
heid: head
heilstergowdie: tumbled, rushed
heirschip: inheritance
hie: high
hinner: behind, back
hinnermaist: last
hinnie: honey
hirple: limp
hird: war band
hoast: cough
hoo yir heid: get lost
howk: dig, drag up
idjeet: idiot
ilka: each, every
inbye: inside
inmaist: innermost
ither: other
ivrie: every

jalouse: think, guess
jarl: earl
jink: dodge
jougs: tankards
jouk: swerve
jyne: join
kaim: comb
keen: lament
keik: look, peek
keipin the heid: staying calm
ken: know
kennin: a seeing (not used in Norse
    sense of pun)
kin: can
kin: family
kist: chest, box
knacker/it: tire/d
kyth/it: appear/ed
laidit: loaded
laith: loath, unwilling
langsyne: long ago
lat: let
laun: land
lee: shelter
leerie: cautious
leeve/it: live/d
leist: least
lift: sky
lippen: attend, listen
lose the heid: lose control
loup: leap
lug: ear
luve: love

lyfe: life
mair: more
maist: most
mait: food, meat
mankie: filthy, disgusting
maun: must
mense: sense, mind
mensefou: thoughtful
menseless: senseless
merk: mark
mind: remember, watch over
mirk: dark, gloom
muckle: large, a lot
nae: no
nane: none
neb: nose
neist: next
ness: headland
neuk: corner
niftie: nimble
nocht: nothing
nor: than
norrad: northwards
noust: sheltered place to land
ongaeins: ongoings
ootbye: outside
ower: over
owersett: translate
partan: crab
pech: puff
peelie wallie: pale, poorly
pintle: penis
piss: urinate

pleisur: pleasure
pochle: steal, cheat
pou: pull
puckle (a): a little
pugglit: tired
rax/it: reach/ed
repone: reply
redd: tidy, ready
reik: smoke, fire
reive: steal
richt: right
rin: run
rod: rule
roilin: rolling/piling high
rowth: plenty
rynge: range
sab: sob
sair: very, sore
sark: shirt
sauf: safe
saugh: willow
saut: salt
scale: leave
scart: scratch
scaudit: scalded
scrieve/r: write/r
scunnered: fed up, disgusted
seidr: Norse magic
seik: sick
shilpit: skinny
shite: to/a shit
sib: like, close
sic: such

siccar: sure, certain
siller: silver
skeelie: skilled, clever
skraik: screech
sleikit: sly, devious
slicht: slight
sloch: spit, catarrh
smeddum: gumption
smidgin: small piece
snouk: snout
sorner: beggar
sough: sigh, breath
souk: suck
souple: supple
sowens: meal with water
spang: new, fresh
spangit: leapt
speir: ask, enquire
speug: sparrow
spreit: spirit
stank: drain
starn/stern: stars
steik: close, fasten
stoater (a): a beauty
stottin: drunk
stour: dust, dirt
strae: straw
straik: stroke, blow
stramash: fuss, disturbance
strang: strong
straucht: straight
strauchtweys: straightaway
suithfast: sure, true

sune: soon
swallie: party
sweir: swear
swithin: sexual intercourse
syne: since
tae: to
taerag: toerag
taiglit: tangled
tak tent: take care
tak oan: get upset
tane. . . tither: one. . . the other
tapselteerie: mixed up
tate: little bit, taste
tent: try
teuch: tough
thocht: thought
thole: bear, suffer
thrang: busy
thraipple: throat
thrie: three
throughtother: mixed up
ticht: tight, mean
tint: lost
tither: other
traist: trust
tryst: meet
twa: two
tuim: empty
tuilzie: fight, struggle
ugsome: ugly, brutish
unco: very
unsteik: open
vennel: close, alley

verra: very
virr: strength, vitality
voe: rocky inlet
waa: wall
wabbit: tired
waddin: wedding
wae: woe
waistit: ruined, destroyed
wal: well
wame: stomach
wanchauncie: unlucky, uncanny
wappen: weapon
warsle: work, struggle
watergaw: rainbow
waur: were
waur: worse
wecht: weight
weird: fate
wergild: compensation for a death
wersh: sour
whaur: where
wheen/ a wheen o: number of
wheesht: hush
whilk: which
whirliegig: windmill
wirsels: ourselves
wuddie: mad
wund: wind
wund: wound
wut: wit
wynchin: going with women
yairdairm: yardarm
yaise: use

yersel: yourself

yestreen: yesterday

yett: gate, door

yill: ale

yin: one

yince: once

yird: earth

Luath Press Limited

committed to publishing well written books worth reading

LUATH PRESS takes its name from Robert Burns, whose little collie Luath (*Gael.*, swift or nimble) tripped up Jean Armour at a wedding and gave him the chance to speak to the woman who was to be his wife and the abiding love of his life. Burns called one of the 'Twa Dogs' Luath after Cuchullin's hunting dog in Ossian's *Fingal*. Luath Press was established in 1981 in the heart of Burns country, and is now based a few steps up the road from Burns' first lodgings on Edinburgh's Royal Mile. Luath offers you distinctive writing with a hint of unexpected pleasures.

Most bookshops in the UK, the US, Canada, Australia, New Zealand and parts of Europe, either carry our books in stock or can order them for you. To order direct from us, please send a £sterling cheque, postal order, international money order or your credit card details (number, address of cardholder and expiry date) to us at the address below. Please add post and packing as follows: UK – £1.00 per delivery address; overseas surface mail – £2.50 per delivery address; overseas airmail – £3.50 for the first book to each delivery address, plus £1.00 for each additional book by airmail to the same address. If your order is a gift, we will happily enclose your card or message at no extra charge.

Luath Press Limited
543/2 Castlehill
The Royal Mile
Edinburgh EH1 2ND
Scotland
Telephone: +44 (0)131 225 4326 (24 hours)
Email: sales@luath.co.uk
Website: www.luath.co.uk